हिन्द पॉकेट बुक्स

यादों के साये

दत्त भारती आधुनिक हिन्दी साहित्य के प्रमुख लेखक, कवि, नाटककार और सामाजिक विचारक थे। कहानी, कविताओं और लेखों के अलावा आपने कई सौ उपन्यास लिखकर साहित्य में अपना एक अलग विशिष्ट स्थान बनाया है। घर और स्कूल से प्राप्त आर्यसमाजी संस्कार, विश्वविद्यालय का साहित्यिक वातावरण, देशभर में होने वाली राजनैतिक हलचलें, बाल्यावस्था में आर्थिक संकट इन सबने आपको अति संवेदनशील, तर्कशील और विचारक बना दिया, जो आपके लेखन का आधार बना। आपको समाजसेवा एवं लेखन के लिए कई पुरस्कार भी मिले हैं।

यादों के साये

दत्त भारती

हिन्द पॉकेट बुक्स
पेंगुइन रैंडम हाउस इम्प्रिंट

हिन्द पॉकेट बुक्स

यूएसए। कनाडा। यूके। आयरलैंड। ऑस्ट्रेलिया। सिंगापुर
न्यू ज़ीलैंड। भारत। दक्षिण अफ्रीका। चीन

हिन्द पॉकेट बुक्स, पेंगुइन रैंडम हाउस ग्रुप ऑफ़ कम्पनीज़ का हिस्सा है,
जिसका पता global.penguinrandomhouse.com पर मिलेगा

पेंगुइन रैंडम हाउस इंडिया प्रा. लि.,
चौथी मंजिल, कैपिटल टावर -1, एम जी रोड,
गुड़गांव 122 002, हरियाणा, भारत

पेंगुइन
रैंडम हाउस
इंडिया

प्रथम हिन्दी संस्करण हिन्द पॉकेट बुक्स द्वारा 1982 में प्रकाशित
यह हिन्दी संस्करण हिन्द पॉकेट बुक्स में पेंगुइन रैंडम हाउस द्वारा 2022 में प्रकाशित

10 9 8 7 6 5 4 3 2

इस पुस्तक में व्यक्त विचार लेखक के अपने हैं, जिनका यथासंभव तथ्यात्मक
सत्यापन किया गया है, और इस संबंध में प्रकाशक एवं सहयोगी
प्रकाशक किसी भी रूप में उत्तरदायी नहीं हैं।

ISBN 9789353495794

मुद्रकः रेप्रो इंडिया लिमिटेड

www.penguin.co.in

This is a legitimate digitally printed version of the book and therefore might not
have certain extra finishing on the cover.

यादों के साये

सामान टैक्सी में रखा जा चुका था। अरुण ने मैन्शन पर हसरत-भरी दृष्टि डाली और दीर्घ उच्छ्वास लिया। उसने धीरे से कहा, "बम्बई! मैं एक बार फिर आऊंगा। तुम्हें मेरा कर्जा देना है। और मैं वसूल करूंगा।"

कहकर वह टैक्सी में बैठ गया और टैक्सी रेलवे स्टेशन के लिए रवाना हो गई।

यह बात बीस वर्ष पुरानी थी।

बीस वर्ष उपरान्त...

डी-लक्स एयर कडीशंड गाड़ी बम्बई सेण्ट्रल स्टेशन पर रुकी। दुपहर के साढ़े तीन बजे थे। अरुण ने अटैची केस उठाया और यात्री एक-एक करके कोच से उतरने लगे। अरुण का नम्बर आया और वह उतरकर प्लेटफार्म पर खड़ा हो गया। वह जानता था कि मोहन उसे लेने आया होगा।

पांच मिनट की प्रतीक्षा के बाद मोहन आ गया। दोनों गले मिले।

"तो तुमने सौगन्ध तोड़ दी!" मोहन ने कहा।

"तुमने विवश कर डाला था।" कहकर अरुण ने सिगरेट का पैकेट निकाला।

"बम्बई तुम्हारा स्वागत करती है।"

"देखेंगे।"

"और सामान कहां है?"

"ब्रेक वैन में। एक फाइबर है।"

"आओ। उसे ले लें।" कहकर मोहन ने अटैचीकेस उठाया।

ब्रेक वैन से उन्होंने फाइबर लिया। कुली ने उसे उठाया और वे स्टेशन से बाहर निकले।

मोहन उधर बढ़ा, जिधर उसकी कार खड़ी थी। ड्राइवर कार के साथ खड़ा था। उसने डिक्की खोली। कुली ने फाइबर रखा। मोहन ने उसे पैसे दिए। ड्राइवर पिछली सीट का दरवाजा खोले खड़ा था।

"चलो बैठो।" मोहन ने कहा।

अरुण बैठ गया। मोहन भी बैठ गया। ड्राइवर ने दरवाजा बन्द किया और स्टीयरिंग ह्वील पर जा बैठा।

कार दौड़ने लगी।

सारी सड़कें जानी-पहचानी थीं।

"सफर कैसा रहा?" मोहन ने पूछा।

"बेहद बोर।"

'क्यों?"

"कोच में सिगरेट पीने की अनुमति नहीं। सिगरेट पीने के लिए टॉयलट के पास खड़ा होना पड़ता है। मैं दिन में अस्सी सिगरेट पीता हूं। अधिकांश समय वहां ही बिताया। रात उतरी तो अपनी सीट पर गया। क्या चेहरे थे और क्या लिबास था! इतनी सुन्दर महिलाएं मैंने एक कोच में पहले कभी नहीं देखीं। उतने ही सरदार थे। इतने सरदार बम्बई में क्या करते हैं?"

"लैमिंग्टन रोड और उसके साथ की गलियों में मोटरों के पुर्जों का काम करते हैं और बहुत अमीर हैं। पुरजे यहां बनते हैं या लुधियाना और फगवाड़ा में। फिर इनपर नई पैकिंग होती है, जिसपर छपा होता है, 'इंगलैंड या अमरीका का बना हुआ।' दस रुपये के पचास रुपये बनाते हैं।"

"ओह! खैर, रात बीतती रही। जब रात का एक बजा तो सीटों के बीच आने-जाने का जो दो फुट चौड़ा रास्ता होता है, वहां फर्श पर सूट पहनकर सो गए। महिलाएं यदि टायलट जाना चाहें तो जा नहीं सकती थीं। मैं तो खैर कुर्सी पर सोने का अभ्यस्त हूं और सो गया। सुबह व सरदार जागे। पगड़ियां ठीक की। अपने सूट बदले। मैं सिगरेट पीने वाली जगह पर चला गया।"

मोहन हंस पड़ा। "तुम्हें फर्स्टक्लास एयर कंडीशंड से आना चाहिए था।

"भविष्य में इन कुर्सियों पर सफर न करूंगा। इससे तो बेहतर था कि तीसरे दरजे के स्लीपर में सफर करता या फ्रंटियर से आता।" अरुण ने कहा।

"और सब ठीक है?"

"सब ठीक हैं। मेरी भाभी और तुम्हारे बच्चे?"

"ठीक हैं।" मोहन ने कहा, "यह माहिम समाप्त हो गया है और बान्दरा का पुल आ गया है।"

"मैं जानता हूं।"

पुल पार करके ट्रैफिक का सिगनल आता है। वहां से दो सड़कें फटती हैं—दाईं ओर की सड़क को घोडबन्दर रोड कहते हैं और बाईं ओर की सड़क को लिंकिंग रोड कहते हैं। वह खार, सान्ताक्रुज की नई आबादियों से गुजरती है।

"खार? यहां तो एक बार आए थे।" अरुण ने कहा।

"सब याद है। उस दलाल ने एक कमरा और एक रसोई का सैट दिखाया था। जो महिला रह रही थी, उससे गुजराती भाषा में कुछ बातें की थीं। हम बिल्डिंग से नीचे आए और उसने कहा कि सैट कल खाली हो जाएगा। आप एक हजार पगड़ी के दे दें। उसे हजार रुपया दे दिया और वह आज तक न मिला। हम अगले दिन गए तो जो वहां रहता था, उसने कहा, वह तो सैट नहीं दे रहा है और न ही उस दलाल को जानता है।" मोहन ने हंसकर कहा।

"यह बाईस वर्ष पुरानी बात है।" अरुण ने कहा।

"हम घोड़बन्दर रोड पर जा रहे हैं। यह खार है। पुराना खार। उसके बाद सान्ताक्रुज। यह स्थान या यह बोर्ड याद रखना। यहां से हम बाईं ओर घूमेंगे। फिर पहली सड़क छोड़कर दूसरी सड़क पर दायें हाथ घूम जाओ।"

अरुण ने याद रखने की कोशिश की। बिल्डिंगें अधिकांश तीन मंजिल थीं।

ड्राइवर ने कार घुमाई और कुछ इमारतें छोड़कर एक तीन मंजिला इमारत के भीतर दाखिल हो गया।

कार पोर्च में रोक दी।

"मंजिल आ गई है।" मोहन ने मुस्कराकर कहा और कार से नीचे उतर गया।

पहली मंजिल में ही फ्लैट था। मोहन ने लैच ताला खोला और भीतर चला गया।

अरुण ने भीतर दाखिल होकर कमरे का निरीक्षण किया।

कमरे में सोफा था। एक ओर ड्राइनिंग टेबल था, जहां छ: व्यक्ति खाना खा सकते थे। सामने दिवान था। उसके साथ छोटी-सी मेज थी, जिसपर हवाई जहाज D.C. 3 के दो माडल थे। सेण्टर टेबल था, जिसपर किसी विदेशी एयरलाइंज की ऐशट्रे पड़ी थी।

ड्राइवर फाइबर ले आया था।

"सर! इसे कहां रखना है?"

"उस बेडरूम में।" मोहन ने इशारा किया। ड्राइवर उस बेडरूम में चला गया।

अरुण सोफे पर बैठ गया। उसने सिगरेट सुलगा लिया। मोहन खड़ा था।

ड्राइवर आया।

"सर!"

"बस। अब तुम जा सकते हो।"

"यस सर! गुडनाइट!" कहकर ड्राइवर चला गया।

"यह क्या कम्पनी की कार है?"

"हां।"

"भाभी और बच्चे कहां हैं?"

"मैंने उन्हें किंग सर्किल भेज दिया है।"

"क्यों?"

"यूं ही। आज शाम हमारी है। यह तीन बेडरूम हैं। एक मेरा और पत्नी का। दूसरा बच्चों का और तीसरा प्रतिनिधियों का। दो बाथरूम हैं। एक इंगलिश ढंग का। दूसरा इंडियन। इधर रसोईघर है।"

"फ्लैट तो बहुत सुन्दर है।"

"यह एक फिल्मी अभिनेता का बंगला है। ग्राउंड फ्लोर पर ऐसे चार फ्लैट हैं जो उसने किराये पर उठा रखे हैं। फर्स्ट और सेकंड फ्लोर पर वह स्वयं रहता है।"

"हूं। तुमने सचमुच उन्नति कर ली है।"

"क्या तुमने नहीं की?"

"बाईस वर्ष पहले हम खोलियों की तलाश करते थे—दादर, माटुंगा में।" अरुण ने मुस्कराकर कहा, "लेकिन तुमने अपना फ्लैट नहीं बनाया?"

"बन रहा है।"

"कहां?"

"यहां से पैदल चार मिनट का रास्ता है।"

"उसका तो बहुत किराया होगा?"

"नहीं। केवल चार सौ रुपये।"

"कैसे मिला?"

"मैं एयर लाइंज में स्टेशन मैनेजर हूं, और फिल्म से सम्बन्धित लोगों को मेरी जरूरत पड़ती है।" मोहन ने मुस्कराकर कहा।

"बम्बई में तो फोन नहीं मिलता। तुम्हें कैसे मिल गया?"

"कम्पनी की ओर से।"

"खूब!"

"अब क्या प्रोग्राम है? एक कप चाय पियोगे?" मोहन ने पूछा।

"चाय?"

"हां। सफर की थकावट दूर हो जाएगी। चाय के बाद स्नान करना।"

"बनाएगा कौन? क्या नौकर नहीं?"

"इसकी आवश्यकता नहीं। घाटन सस्ती पड़ती है। दो समय बर्तन साफ कर देती है। कपड़े धो जाती है और फर्श साफ कर जाती है। अब स्टोव का जमाना नहीं। गैस का जमाना है। चाय दो मिनट में तैयार हो जाएगी।"

"अब तो शराब पर पाबन्दी नहीं।"

"अब नहीं है। क्या अभी शुरू करना चाहते हो?"

"क्या बुरा है!"

"अभी केवल साढ़े चार बजे हैं।"

"मैं ड्यूटी पर नहीं हूं।"

"तो ठीक है।" कहकर मोहन उठा। उसने छोटा कैबन खोला, जिसमें

काकरी, कटलरी और नैपकिन पड़े थे और लगभग एक दर्जन स्काच व्हिस्की के अद्धे थे। वैट, डिम्पल, ब्रिलियनटाइन में से क्या चलेगी?"

"तुमने तो बाररूम बना रखा है।"

"सब एयर लाइंज का माल है और बहुत सस्ता है। तुम्हारे शहर की देसी शराब की बोतल से भी कम कीमत पर मिलता है। सिगरेट भी छः किस्म के हैं। बीस-बीस के पैकेट हैं। हवाई जहाज में यात्रियों को डेढ़ रुपये में देते हैं।" कहकर मोहन ने हाफ निकाला और सेण्ट्रल टेबल पर रख दिया। फिर विदेशी सिगरेट का पैकेट रख दिया। "सोडा या पानी?"

"कुछ भी चलेगा।"

"फ्रिज रसोइघर में है। मेरा विचार है, तुम एक बार सारा फ्लैट देख लो।"

"पहले एक पैग पी लूं।"

"ओके बॉस!" मोहन ने मुस्कराकर कहा। वह रसोईघर से सोडा लाया। कैबिनेट से विदेशी गिलास निकाला।

"गिलास तो बहुत सुन्दर हैं।"

"तुमसे अधिक नहीं।"

"मेरा विचार है, यहां हर वस्तु विदेशी है। काकरी भी इंडियन नहीं।"

"अब तुम जानते हो कि कम्पनी की ओर से हम वर्ष में एक बार दुनिया की सैर कर सकते हैं। फिर तुम्हारी भाभी को इन चीजों का जुनून है।" कहकर मोहन ने डबल पैग डाला।

"तुम्हारा गिलास कहां है?"

"अभी नहीं। सूरज छुपने के बाद।"

"यह नहीं चलेगा।"

"बम्बई की भाषा भूले नहीं?" मोहन ने मुस्कराकर कहा।

"शायद पानी और वातावरण का प्रभाव है।" अरुण ने सिगरेट बुझाया। "अपना गिलास लाओ।"

"एक शर्त पर।"

"कोई शर्त नहीं।"

"केवल एक। मैं छोटा पैग लूंगा। और चिन्ता न करो, यह रात हमारी

है। आज रात हम जी भरकर पिएंगे और पीकर बहकेंगे।"

"फिर तुम्हीं तो कहा करते थे कि तुम्हें इस शहर से बदला लेना है।"

"ओह! तुम्हारे यह इरादे हैं!

"खैर।" मोहन ने अपना गिलास उठाकर कहा, "बम्बई तुम्हारा स्वागत करती है।"

"देखेंगे।" अरुण ने गिलास उठाकर होंठों को लगा लिया और एक घूंट भरकर रख दिया।

"कैसी है?"

"क्या?"

"व्हिस्की।"

"स्काच से बेहतर दुनिया में व्हिस्की नहीं बनी।" कहकर अरुण ने विदेशी सिगरेट का पैकेट उठाया और उसे खोलने लगा।

"काश, तुम अकेले न आते!"

"यह बात तो अब पुरानी हो गई है।" अरुण ने दीर्घ श्वास लिया।

"अभी क्या बिगड़ा है! मैं तुमसे केवल सात दिन बड़ा हूं। अभी तुम केवल बयालीस वर्ष के हो और तुमने स्वास्थ्य का विशेष तौर पर ध्यान रखा है। तीस वर्ष से अधिक के दिखाई नहीं देते हो। क्या अब भी व्यायाम करते हो?"

"अधिक नहीं। केवल सौ डंड रोज।" कहकर अरुण कमीज के बटन खोलने लगा।

"क्या गर्मी लग रही है?"

"थोड़ी-सी।"

"स्नान के बाद ठीक हो जाओगे। अक्तूबर का महीना है। मौसम इतना बुरा नहीं। रात ठीक गुजरती है।"

अरुण ने कमीज उतार दी थी।

"ओह भगवान!" मोहन मुस्करा दिया।

"क्या हुआ?"

"तुम्हारी बांहों की मछलियां अब भी फौलाद की मानिन्द है।"

"तुमसे अन्तिम भेट पांच वर्ष पहले हुई थी। तुम समझते थे, मैं पांच

वर्ष में बदल गया हूं?"

"ऐसी बात तो नहीं। लेकिन जब तुम लड़की या किसी औरत को बाहुणश में लेते होगे तो क्या उसकी हड्डियां चरमरा न जाती होंगी?"

"मोहन! स्त्रियां मोम की भांति नाजुक और लोहे की भांति सख्त होती हैं और नायलन जुराब की भांति हर पांव में पूरी उतरती हैं।" कहकर अरुण ने गिलास खाली कर दिया, "अब अपना फ्लैट दिखाओ।"

"अवश्य।"

उन्होंने बारी बारी तीनों बेडरूम देखे।

हर बेडरूम में माडर्न फर्नीचर था। खिड़कियों और दरवाजों पर जापानी परदे थे। पलंग डनलप के थे और इनपर विदेशी रेशमी चादरें थीं। स्टेनलैस स्टील के बर्तन थे।

"पसन्द आया?"

"बहुत।"

"अब स्नान कर लो। आमलेट तैयार कर दूं।"

"मैं साथ दूंगा।"

"जब तक तुम स्नान करोगे, आमलेट तैयार हो जाएंगे। कैसे खाओगे?

"प्याज लम्बे और टमाटर।"

"टोस्ट या स्लाइस?"

"स्लाइस।"

"तौलिये, साबुन बाथरूम में हैं। केवल लिबास निकाल लो।"

"ओके।" कहकर अरुण अपने बेडरूम में गया। उसने फाइबर से अण्डरवियर, बनियाइन, कमीज, पतलून निकाली।

कमीज और पतलून पलंग पर छोड़कर वह अंडरवियर और बनियाइन लेकर बाथरूम में चला गया।

व्हिस्की ने हल्का-सा सरूर पैदा कर दिया था। उसने शावर खोला और स्नान शुरू कर दिया।

वह पन्द्रह मिनट तक स्नान करता रहा। व्हिस्की के सरूर और इस स्नान की उसे सख्त जरूरत थी। उसने शावर बन्द किया। तौलिये से शरीर

साफ किया। टैलकम पाउडर का डिब्बा पड़ा था। उसने शरीर पर छिड़का। अण्डरवियर और बनियाइन पहने और कमरे में आ गया।

बाल संवारे। कपड़े पहने और वह स्वस्थ हो गया। ड्रेसिंग टेबल से उसने अपनी कलाई की घड़ी उठाकर बांधी। जो पतलून उतारी थी, उसकी जेब से पर्स और आई कार्ड निकाला। फाइबर से अपना रूमाल निकाला। स्वयं को आईने में देखा।

मदनमोहन ने ठीक कहा था। वह बयालीस वर्ष का नहीं बल्कि तीस वर्ष का दिखाई दे रहा था। कसरती बदन। चौड़े कन्धे। तेज नखशिख और झील की भांति गहरी लेकिन अकाब की आंखों से मिलती आंखें। हल्की मूंछें।

पांव में उसने वोकेशनल शूज पहन लिए। अब वह शाम या रात के लिए तैयार था।

दो

वह ड्राइंगरूम में गया तो मोहन ने मुस्कराकर स्वागत किया।

"सचमुच तुम्हें स्नान की आवश्यकता थी।"

"हां...।"

"आमलेट तुम्हारी प्रतीक्षा कर रहा है।"

"तुम्हारी शाम उतरी या नहीं?"

"अब तो उतर आई है। सूरज दम तोड़ रहा है। लेकिन आमलेट खा लें, वरना ठंडे हो जाएंगे।"

"जो आज्ञा।" कहकर अरुण बैठ गया। और उसने कांटा-छुरी सम्हाल लिया। साथ ही मुस्करा दिया।

"यह मुस्कराहट क्यों?"

"कांटा-छुरी चांदी के हैं। यह भी एयर लाइंज का माल है?"

"अब तो बड़ी बात नहीं रही। देश के हर फाइव और फोर स्टार होटल में प्रयोग होते हैं। वैसे इस मामले में टी० डब्ल्यू० ए० का जवाब नहीं।"

"क्यों?"

"तुम जानते हो कि अमरीका की केवल दो एयर लाइंज इंडिया आती हैं। टी० डब्ल्यू० ए० और 'पान एम' टी० डब्ल्यू० ए० वाले काकरी एक मास से अधिक प्रयोग नहीं करते और न ही सिल्वर कटलरी।"

"क्या नीलाम कर देते हैं?"

"यही तो अजीब बात है। क्राकरी पत्थरों से तोड़ देते हैं। दूसरी एयर लाइंज के स्टाफ और कस्टम के अफसरों ने जब पहली बार देखा तो इनके स्टेशन मैनेजर से कहा कि आप ऐसी सुन्दर काकरी तोड़ क्यों रहे हैं? इसे नीलाम क्यों नहीं कर देते? जानते हो, उस अमरीकन स्टेशन मैनेजर ने क्या उत्तर दिया?"

"क्या?"

"आप लोग चाहते हैं कि टी० डब्ल्यू० ए० और साधारण आदमी एक ही क्राकरी इस्तेमाल करें?"

"ओह! और कटलरी का क्या करते हैं?"

"हांगकांग जाती है।"

"पालिश के लिए?"

"नहीं। चांदी की कटलरी पिघलाकर नई बनती है।" मोहन ने कहा।

"अमरीकनों की बात छोड़ो।"

"स्विट्जरलैंड की बात करूं?"

"अच्छा, वह सुनाओ।"

"स्विट्जरलैंड में रविवार को कोई भी आदमी काम नहीं कर सकता। कोई भी काम। यहां तक कि अपनी मोटर भी नहीं धो सकता। भारतीय दूतावास में भारत से एक क्लर्क चला गया। और क्लर्कों को तुम जानते ही हो। वह फारेन सर्विस में केवल अधिक पैसे कमाने और विदेशी सामान लाकर बेचने के आदी हैं। तो इस क्लर्क ने सोचा कि रविवार है, क्या करूं। अपना नाश्ता बनाया। अखबार पढ़ा। लेकिन समय नहीं बीत रहा था। उसने तंग आकर अपने अंडरवियर, बनियाइन और कमीज धोकर सूखने के लिए टैरिस पर लटका दिए। आधा घंटा न बीता होगा कि जहां वह पेइंग गैस्ट ठहरा हुआ था, उस इमारत के आगे एक मोटरसाइकिल रुकी। उसपर सवार एक पुलिस कांस्टेबल था। वह उतरकर मकान में प्रविष्ट हुआ और लैंड लेडी को लेकर क्लर्क के कमरे का दरवाजा खट खटाया।

क्लर्क ने दरवाजा खोला। वह वर्दी देखकर समझ गया कि आगन्तुक पुलिस कर्मचारी था। उसने जर्मन भाषा में उससे कुछ पूछा। वह समझ न सका। लैंड लेडी अंग्रेजी जानती थी। उसने अनुवाद करके क्लर्क से पूछा :

'तुमने कपड़े धोए हैं?'

क्लर्क ने बड़े गर्व से कहा, 'हां।'

पुलिस अफसर ने लैंड लेडी से कुछ कहा और जेब से एक किताब और डॉटपैन निकाला और लैंड लेडी से कुछ कहा।

'तुम्हें इतने फ्रांक जुर्माना...।'

'क्यों?'

'इसलिए कि इस देश में रविवार को कोई व्यक्ति काम नहीं कर सकता।'

'लेकिन मैंने अपने कपड़े धोए हैं। और दूतावास में काम करता हूं।'

लैंड लेडी ने पुलिस कर्मचारी को बताया। उसने जवाब दिया तो लैंड लेडी बोली :

'दूतावास तुम्हारी सहायता न करेगा। यदि तुमने जुर्माना देने से इनकार किया तो यह कर्मचारी तुम्हें पुलिस स्टेशन ले जाएगा और वहां जुर्माने की रकम दुगुनी हो जाएगी।'

अब क्लर्क के होश ठिकाने आए। उसने और लैंड लेडी ने मिलकर फ्रांक की रकम का हिसाब लगाया। क्लर्क नया-नया आया था। अभी उसे पहला वेतन भी न मिला था। जुर्माना की रकम भारतीय मुद्रा में पच्चीस रुपये बनती थी। बेचारे क्लर्क ने सारे पर्स की तलाशी ली। एक अमरीकन डालर था। एक इंगलिश पाउंड था। वह देकर उसने जान छुड़ाई।"

"बहुत खूब!" अरुण हंस पड़ा, "बहुत प्यारा देश है। इसीलिए ससार के सब अमीर देशों के लोग ब्लैक का रुपया स्विट्जरलैंड में रखते हैं। लेकिन मैं एक बात पूछना चाहता हूं।"

"अवश्य।"

"क्या रविवार को भोग-विलास भी नहीं हो सकता?"

"केवल वही हो सकता है। और खुलेआम हो सकता हैं।"

"फिर ठीक है।"

"मैं, तुम्हारी भाभी और बच्चे पहली बार यूरोप गए तो स्विट्जरलैंड भी गए। वहां स्विस स्टार में मेरा एक चचेरा भाई नौकर है। भरती तो बम्बई ब्रांच में हुआ था। लेकिन इन दिनों वहां था। हमने उसे सूचित न किया। हवाई अड्डे से उतरे और उसके घर चले गए। वह देखकर खुश भी हुआ और चौंक भी पड़ा। हम गले मिले। उसकी पत्नी भी आ गई। सब एक-दूसरे से मिले। जानते हो, उसने पहला प्रश्न क्या किया?"

"क्या?"

"कितने दिन ठहरोगे?"

"फिर?"

"मैं चौंक पड़ा कि अभी घर में दाखिल हुए नहीं और यह जाने की बात कर रहा है। बुरा तो लगा लेकिन मैंने बता दिया कि दस दिन का वीजा है। उसने अपनी पत्नी से कहा, 'अनीता! तुम इनकी आवभगत करो।' और 'मदनमोहन, मैं अभी आया।' कहकर वह घर से निकल गया।

मैं चौंक पड़ा। मैंने अनीता से पूछा :

" 'अनीता भाभी! यह पाल कहां गया है?'

" 'पुलिस स्टेशन।' अनीता ने उत्तर दिया।

" 'पुलिस स्टेशन! कुशल तो है?'

" 'आप चिन्ता न करें; आइए चाय पीते हैं। बात यह है कि इस देश का नियम है कि यहां रहने वाले के घर कोई अतिथि आए तो उसकी जिम्मेदारी है कि वह पुलिस को सूचित कर दे कि उसके यहां अतिथि आए हैं और इतने दिन ठहरेंगे।' अनीता ने मुस्कराकर कहा।

" 'ओह!' मैंने शांति की सांस ली।

" 'जब आप इस देश से चले जाएंगे तब भी पुलिस स्टेशन पर रिपोर्ट करनी होगी कि आप अमुक फ्लाइट या ट्रेन से इस देश से इस तारीख और इस समय चले गए हैं।' अनीता ने कहा, 'लेकिन आपने केबिल दे दी होती। हम कार लेकर हवाई अड्डे पर आ जाते। टैक्सी महंगी है। फिर विदेश में यदि टैक्सी के पैसे बच जाएं तो इस करेन्सी से शापिंग हो सकती है।'

“ ‘भविष्य में ऐसा ही करेंगे।’ ” मैंने मुस्कराकर कहा।

आमलेट समाप्त हो गए थे।

“अब क्या अपनी फ्लैट धोनी होगी?” अरुण ने मुस्कराकर कहा।

“यह यूरोप या अमरीका नहीं। सुबह नौकरानी आएगी।” कहकर मोहन खाली प्लेट और काकरी उठाकर रसोईघर में ले गया। अरुण उठकर सोफे पर बैठ गया था। मोहन लौट आया।

“हां। अब शाम शुरू होती है। वैसे बम्बई में शाम रात नौ बजे शुरू होती है और दो बजे लोग सोना पसन्द करते हैं।”

“यह तुम फिल्म इण्डस्ट्री की बात कर रहे हो?”

“एक फिल्मी अभिनेता के बंगले में रहता हूं। कुछ तो असर पड़ना था।”

“तो व्हिस्की शुरू कर दें?”

“जैसा तुम उचित समझो। लेकिन मेरी एक दरख्वास्त है।” मोहन ने कहा।

“कहो।”

“मैं जानता हूं, तुम एक बोतल पी सकते हो। लेकिन कोशिश करो कि डबलपैग न पियो। न मालूम रात के कितने बजे हम सो पाएंगे।”

“तुम्हारे इरादे कुछ नेक नहीं दिखाई पड़ते। क्या कोई खास प्रोग्राम है; या तुम यह बताना चाहते हो कि अब बहुत बड़े अफसर हो?”

“गाली न दो। जहां तक पदवी का सम्बन्ध है, तुम मुझसे बड़े हो।”

“खैर, मैं धीरे-धीरे पिऊंगा।” कहकर अरुण ने छोटा पैग डाला।

“और जीवन कैसे बीत रहा है?”

“बस, बीत रहा है।”

“क्या बात है, तुम अब तक असिस्टैंट डाइरेक्टर क्यों नहीं बने?”

“मदनमोहन! यह बात नहीं करो तो बेहतर है। वैसे तुम जानते ही हो कि क्यों नहीं बना।”

“कमाल है। इतने बड़े कारनामे के बाद भी तुम्हें तरक्की न दी गई?”

“वह कारनामा ही तो मुझे ले डूबा।” अरुण ने दीर्घ श्वास लिया। “जानते हो, इस सरकार की क्या पालिसी है?”

“कहो।”

"इन्हें ईमानदार और काम करने वाले अफसर और कर्मचारी पसन्द नहीं। यह सच है कि राजनीतिज्ञ वह सफल हो सकता है, जो अधिक से अधिक झूठ बोल सकता हो और अधिक से अधिक खुर्राट हो। आखिर एक मेम्बर पार्लियामेंट को क्या मिलता है? पांच सौ रुपये मासिक। पचास रुपये प्रतिदिन के तब जब वह सभा में सम्मिलित हो। भला इस पारिश्रमिक की खातिर यह राजनीतिज्ञ लाखों रुपया क्यों खर्च करते हैं? क्या कोई ऐसा कारोबार करना पसन्द करेगा, जहां लाखों रुपया लगाया जाए और इसके बदले में कुछ हजार मिलें?"

"नहीं।"

"फिर इन्हें क्या प्राप्ति होती है?"

"अधिकार! ताकत! शोहरत!" मोहन ने कहा।

"किसी हद तक सच है। लेकिन अधिकार के लिए कारखाना खोला जा सकता है। मिल में डाइरेक्टर बना जा सकता है। रही बात ताकत यानी पावर की। वह भी उन मजदूरों पर प्राप्त की जा सकती है, जो इनके यहां नौकर होंगे। रह गई शोहरत, तो इसके लिए पैसा खर्च कर समाचारपत्रों में अपनी फोटो छपवाई जा सकती है। क्या लेखक, शायर, उपन्यासकार रुपया खर्च कर शोहरत प्राप्त करते हैं? वह शोहरत प्राप्त करते हैं, अनथक और दिन-रात की मेहनत के बाद भूख और गरीबी सहन करके। तप और साधना करके। जब ख्याति मिल जाती है तो धन कमाते हैं। लेकिन पैसे वाला पहले धन कमाता है, फिर पैसे से शोहरत खरीदता है। पैसे से अखबार या पत्रिका निकाली जा सकती है। बेहतरीन दिमाग और उच्च कोटि की लेखनी खरीदी जा सकती है और ख्याति प्राप्त की जा सकती है।"

"और आई० ए० एस० या आई० पी० एस०?"

"वह भी रबड़ स्टाम्प बनकर रह गए हैं। हर कोई धन और पदवी चाहता है। बिरादरी, कोटे, परमिट और रिश्वत—आज ये सिक्का या करेन्सी बनकर रह गए हैं। वह आई० ए० एस० अफसर सफल है जो राजनीतिज्ञ की संगत और असंगत बात मान ले और वह पुलिस अफसर सफल है जो जांच-पड़ताल न करना जानता हो, बल्कि फिल्मी अभिनेता की तरह बनसंवरकर रहै और उसकी वर्दी पर सिलवटें

न हों। ये माली से कहते हैं कि बाग बना दो, लेकिन इसके साथ ही कहते हैं कि तुम्हारे कपड़ों पर मिट्टी या धूल न पड़े। अब ऐसा कैसे हो सकता है?"

"ठीक कहते हो।"

"पहले ये आई० सी० एस० अफसर के आज्ञाकारी थे। अब स्वतंत्र सरकार के हैं। ये खत्म हो रहे हैं। पांच-सात वर्ष में अन्तिम आई० सी० एस० अकसर भी रिटायर हो जाएगा। फिर केवल आई० ए० एस० अफसर रह जाएंगे। कभी आई० ए० एस० बनना गर्व की बात थी, लेकिन अब यहां भी इंग्लैंड की भांति हो रहा है। इंग्लैंड में बेहतरीन दिमाग बिजनेस फर्मों में चले जाते हैं। नम्बर दो के दिमाग सिविल सर्विस में आते हैं। यही दशा अब इस देश की है। एक बड़ी फर्म, मिल या कारोबारी संस्था में एक एग्जिक्यूटिव को तीन से पांच हजार रुपया मासिक मिलता है। बैंकों के डाइरेक्टर तो दस हजार रुपया मासिक तक कमाते हैं। इन्हें कार, कोठी और बहुत-सी सुविधाएं उपलब्ध हैं। वह इतनी विलक्षण बुद्धि लेकर आई० ए० एस० अफसर क्यों बनें? इसलिए इस देश में भी आई० ए० एस० में नम्बर दो के लोग आ रहे हैं। फिर भी वे बुरे नहीं। आज कालेज का लेक्चरर आई० ए० एस० अफसर से अधिक कमाता है।

"एम० एम० यानी मदनमोहन। यदि आमलेट खाना हो तो अण्डे तोड़ने पड़ते हैं। हां, एक बात सही है कि कुछ अफसर आवश्यकता से अधिक अधिकारों का अनैतिक प्रयोग कर रहे हैं। केवल राजनीतिज्ञों की खुशी को प्राप्त करने के लिए और अपनी प्रगति के लिए। यह बात जरा खटकती है।" अरुण ने कहा, "लेकिन तुम्हें राजनीति में दिलचस्पी कब से पैदा हो गई?"

"यूं ही।"

"फिर शाम और शराब क्यों बरबाद कर रहे हो?" अरुण ने हंसकर कहा।

"तो खाली गिलास भर दो।" मोहन ने कहा।

"वैसे इरादे जान सकता हूं?"

"कहा था कि आज पीकर बहकेंगे।"

"वह तो नई बात नही। दिल्ली में कितनी बार बहकें हैं।"

"मैं तुम्हें बम्बई में बहका हुआ देखना चाहता हूं।"

"फिर भी।"

"कुछ नहीं। अभी केवल साढ़े नौ बजे हैं और हमने केवल एक हाफ खाली किया है। दूसरा हाफ खोलता हूं। दस-साढ़े दस बजे खाना खाएंगे।"

"वह कहां मिलेगा? बीस वर्ष पहले तो केवल स्ट्रैंड रोड पर पंजाबियों के रेस्तरां होते थे।"

"अब शहर में हर आधे मील के बाद पंजाबी रेस्तरां ही नहीं, ढाबा भी है। यद्यपि शराब से पाबन्दी हटा ली गई है, लेकिन वह इन्कलाब लाने वाली अब भी मिलती है।"

"स्काच के बाद इसकी आवश्यकता पड़ती है?"

"काश, तुमने कभी चखी होती!"

"क्या पंजाब के गांव में गैरकानूनी कशीद होने वाली पहली तोड़ से ये बेहतर है?"

"खैर, उससे बेहतर तो नहीं, क्योंकि उसे हजम करने के लिए देसी घी और लस्सी की जरूरत है। देसी घी का तो यहां का मौसम शत्रु है। हां, लस्सी आम मिलने लगी है। यदि एक सरदार साथ में हो तो किसी भी क्रिस्चियन आण्टी के अड्डे पर जाओ तो छोकरा बोलेगा, आओ भापाजी।"

"इतनी तरक्की!"

"कुछ तो सरदारों ने की है और कुछ इस फिल्मी गीतकार ने, जिसके हर गीत में पंजाबी के शब्द होते हैं। उसने सारे देश को पंजाबी भाषा सिखा दी है। मेरे विचार में तो पंजाब सरकार को उसे विशेष रूप से सम्मानित करना चाहिए।"

"खैर, तुम जानते हो कि मैं फिल्में नहीं देखता हूं।" अरुण ने कहा और नये हाफ से पैग डाला, "और खाने के बाद क्या प्रोग्राम है?"

"यह खाने के बाद सोचेंगे। यहां तो लोग शाम दस बजे शुरू करते हैं और सुबह दो बजे खत्म करते हैं। वे दिमाग से काम नहीं लेते। नशे की दशा में जो धुन सवार हो जाए, वही प्रोग्राम है।" मोहन ने हंसकर कहा।

"यह तुमने सिगरेट पीना कब से बन्द कर दिया?"

"दो वर्ष के लगभग हुए।"

"मैंने तो अब ध्यान दिया है। खैर, बहुत बड़ा त्याग है। जो व्यक्ति त्याग का साहस रखता है, वह मृत्यु को भी पराजय दे सकता है।" अरुण ने मुस्कराकर कहा।

"त्याग तो तुमने भी किया है।"

"शादी का। औरत का नहीं।"

"मैं जानता हूं। लेकिन शराब पीने के बाद मैं इस गंभीर समस्या पर बात न करूंगा।"

"काफी समझदार हो।"

"यह रात जीवन की समस्याएं सुलझाने की नहीं है, बल्कि उलझाने की है।"

"भगवान कुशल करे। मेरा विचार है, यदि तुम्हारे इरादे ऐसे ही नेक हैं तो बेहतर होगा कि मैं अपना नौ एम० एम० आटोमैटिक जेब में डाल लूं।"

"इसकी क्या जरूरत है! तुम्हारा आई-कार्ड तो पचीस पाउंड की तोप है। फिर इस शहर का बड़े से बड़ा दादा तुम्हारा एक घूंसा नहीं खा सकता।" मोहन ने कहा।

"समय-असमय के लिए ही रख लूं।" कहकर अरुण खड़ा हो गया, "यह समय-असमय का लतीफा सुना है?"

"नहीं।"

"अभी आकर सुनाता हूं।" कहकर अरुण अपने बेडरूम में चला गया। उसने अटैचीकेस से लूगर निकाल लिया। वह कमरे में आया। उसने मैगजीन निकाला। वह भरा हुआ था। उसने बैरल खींची तो चैम्बर से गोली निकली और फर्श पर गिर पड़ी। अरुण ने उसे उठाया और मैगजीन में फंसा दिया—शेष गोलियों के साथ। मैगजीन उठाया और खींचकर एक्शन में ले आया।"

"इसे एक्शन में क्यों लाए हो? यह तो बहुत नाज़ुक चीज है। जरा-सा दबाव काफी है। रिवाल्वर वाली बात तो नहीं कि घोड़ा दबाने के लिए थोड़ा जोर लगाना पड़ता है।" मोहन ने कहा।

"घबराओ नहीं, सेफ्टी लैच है।"

"यह नौ एम० एम० क्या हुआ?"

"यानी प्वाइंट थ्री एट।"

"लेकिन इसे तो केवल फौजी और पुलिस अफसर रख सकते हैं। नागरिकों के लिए तो अधिक से अधिक प्वाइंट थ्री टू है।"

"मैं रख सकता हूं।"

"ओह! मैं भूल गया था।"

अरुण ने पिस्तौल हिप पॉकेट में रख लिया।

"हां, वह समय-असमय का क्या लतीफा है?"

अरुण बैठ गया। उसने गिलास में से एक घूंट लिया और बोला, " एक लालाजी पंजाब के किसी गांव में रुपया वसूल करने गए। रुपया मिल गया; लेकिन रात उतर आई। अन्तिम बस जा चुकी थी। उन्होंने सोचा कि कोई ट्रक आ जाएगा तो उसमें चले जाएंगे। इतने में चार जाट आ गए। उन्होंने लाला से रुपया छीन लिया। लालाजी ने सारा रुपया दे दिया।

एक जाट बोला, 'अरे, गले में सोने की चैन भी है।'

वह भी उतर गई।

दूसरा जाट बोला, 'दो अंगूठियां भी हैं।'

वे भी उतर गईं।

तीसरा बोला, 'घड़ी भी है।'

वह भी उतर गई।

चौथा बोला, 'यार, कुर्ता बोसकी का है। मैं तो यह उतारूंगा।' कहकर उसने कुर्ता उतार लिया। कुर्ते के नीचे रिवाल्वर था।

'अरे विलायती यानी रिवाल्वर!' पहले जाट ने कहा।

लालाजी बोले, जो अब तक चुप थे, 'इसे मत उतारो।'

जाट चौंक पड़े। एक ने पूछा, 'क्यों लालाजी?'

'समय-असमय काम आएगा।' लालाजी ने कहा।"

मोहन ने हंसना जो शुरू किया तो हंसते-हंसते दुहरा हो गया। उसकी हंसी बंद ही न हो रही थी। वह सात-आठ मिनट तक हंसता रहा। बड़ी मुश्किल से हंसी पर काबू पाया।

"बहुत खूब, ओरिजनल! सब कुछ लुटवा दिया। अभी भी समय-कुसमय बाकी बच गया था।" कहकर मोहन फिर हंसने लगा।

आखिर हंसी रुक गई। अरुण मुस्करा रहा था और धीरे-धीरे व्हिस्की कंठ से नीचे उतार रहा था।

"खैर, तुम्हारी जिन्दादिली आज भी जवान है। आज भी तुम महफिल की जान बन सकते हो।"

"अब तुम शाम को गंभीर मत बनाओ। यदि तुम अतीत के बारे में बातें करने के मूड में हो तो मुझे खेद है कि मैं तुम्हारी अभिलाषा पूरी न कर सकूंगा।"

"खैर, अतीत की बातें तो नहीं करूंगा। यदि आज्ञा हो तो एक बात करना चाहता हूं।"

"और वह एक बात जब खत्म होगी तो सुबह हो जाएगी।" अरुण ने मुस्कराकर कहा।

"याद है, जवानी में तुम्हारा मनभावन गीत कौन-सा था?"

"याद नहीं। वैसे मैं आज भी स्वयं को बूढ़ा अनुभव नहीं करता हूं।"

"वह तो तुम कभी नहीं हो सकते। आज भी लड़कियां विशेषकर विवाहिता स्त्रियां मनसूबा बना तुमसे इश्क कर सकती हैं।"

"बहुत खूब! यह मनसूबा और इश्क का परस्पर क्या सम्बन्ध है?"

"कहते हैं, इश्क हो जाता है, और पहली नजर में हो जाता है। लेकिन मैं ऐसी लड़कियों को जानता हूं जो मनसूबा बनाकर वर्षों के बाद इश्क का प्रदर्शन कर सकती हैं।"

"तुम यह कहना चाहते थे!"

"नहीं, बात जिन्दादिली की चली थी और मैंने कहा था कि जवानी में एक गीत बहुत गुनगुनाया करते थे।"

"कौन-सा?"

"मशहूर थी अपनी जिन्दादिली,
दानिस्तां शरारत कर बैठे।
बेताबिए दिल जब हद से बढ़ी,
घबरा के मुहब्बत कर बैठे।"

"आखिर वही हुआ जिससे मैं बचना चाहता था।" अरुण एकाएक गंभीर हो गया।

"तुम गंभीर हो गए हो?"

"नहीं।" अरुण ने मुस्कराने की चेष्टा की।

"छोड़ो। सब कुछ भूल जाजो। यह शराब तो इसीलिए बनी है। मेरे पास इसकी कमी नहीं है। फिर अभी रात शुरू हुई है। अभी तो रात को जवान होना है। ढलना है। और फिर मरना है..." कहकर मोहन ने गिलास उठाया, "गिलास उठाओ और खाली करो।"

अरुण ने गिलास उठाया और दोनों ने अपने-अपने गिलास खाली कर दिए।

"अब इन्हें तोड़ दें।" मोहन ने कहा और गिलास दीवार में दे मारा।

"अभी से!" अरुण ने कहा।

"इंग्लिश सभ्यता के अनुसार तो टोस्ट करने वाले गिलास का तो तोड़ दिया जाता है।"

"लेकिन ये विदेशी गिलास हैं और काफी महंगे हैं।"

"तोड़ डालो।"

"ऐसी बात है तो अभी लो..." कहकर अरुण ने गिलास दीवार पर दे मारा, "सुबह भाभी और बच्चे आएंगे तो फ्लैट का नक्शा देखकर क्या कहेंगे?"

"यही कि हम मुद्दत के बाद मिले थे, और जश्न मनाते रहे थे।"

"गिलास तोड़कर?"

"हां"

"यदि खाना यहां लाओगे तो डिनर सैट भी तोड़ना पड़ेगा।" अरुण ने मुस्कराकर कहा। यह मुस्कान कृत्रिम न थी।

मोहन अपनी सफलता पर मन्द-मन्द मुस्करा दिया। दो गिलास तोड़ने से यदि दिल का तोड़ना बचाया जा सकता हो तो यह कीमत अधिक न थी।

"मैं नये गिलास लाता हूं।" कहकर वह उठा और कैबिनेट की ओर बढ़ा। उसके कदम लड़खड़ाए।

"संभलकर मेरी जान!" अरुण ने कहा।

"ओह! तुम समझते हो, मैं नशे में हूं? अभी तो शुरू भी नहीं की है, फिर नशा कैसे हो सकता है?" कहकर उसने कैबिनेट से गिलास निकाल और लाकर मेज पर रख दिए।

“अब मैं पैग बनाऊंगा।” कहकर मोहन ने हाफ उठाया। उसमें अभी चार पैग से अधिक व्हिस्की थी।

उसने दोनों गिलासों में बराबर-बराबर डाली, “ठीक है?”

“तुम बेहतर जानते हो। यह रात तुम्हें भेंट है। तुम जो करोगे, मुझे स्वीकार है।”

“मैंने कहा था, आज हम बहकेंगे।”

“अवश्य।”

“फिर सोडा डालूं?”

“हां। वह डाल दो। क्योंकि सोडा डालकर पीने से भी बहक सकते हैं।” अरुण ने कहा, “वैसे तो शाम तुम्हारी भेंट है और तुमने कह दिया है कि हम बहकेंगे। लेकिन यह व्हिस्की कितनी पीनी है, सिर्फ इतना बता दो।”

“अभी तो दो हाफ यानी एक बोतल खत्म हुई है।” मोहन ने कहा।

“और बजा क्या है?”

“वह सामने इलट्रिक क्लॉक है, जो टैक्सी के मीटर की तरह टाइम बता रहा है।”

“सवा दस बजे हैं।’

“तो शाम शुरू हो गई।” कहकर मोहन ने गिलासों में व्हिस्की के बराबर सोडा डाला।

“सोडा कम नहीं?”

“यहां व्हिस्की सस्ती है। सोडा महंगा है। एयर लाइंज वाले सोडा नहीं देते। केवल फ्लाइट के बीच देते हैं। अरुण!”

“हूं?”

“तुम्हारा पासपोर्ट तैयार है?”

“पासपोर्ट तो है। लेकिन मालूम नहीं, वैलिड है या मियाद अधिक हो गई है।”

“वह सुबह ठीक हो सकता है। क्या साथ लाए हो?” मोहन ने आधा गिलास खाली कर दिया।

"हां।"

"क्यों न एक हफ्ते के लिए हांगकांग चले जाओ।"

"वीजा।"

"वह सब कुछ मुझपर छोड़ दो। यही काम तो दिनरात करता हूं।"

"क्या अभी चलें?"

"अभी।" मोहन ने गिलास उठाया। "विचार तो बुरा नहीं। टेलीफोन करूं कि दो-तीन घंटे में कौन-सी एयर लाइंज की फ्लाइट हांगकांग जा रही है?"

"मेरा विचार है, कल चलेंगे।"

"वायदा?"

"हां।"

"तो लाओ हाथ।" कहकर मोहन ने हाथ बढ़ाया।

अरुण को हाथ बढ़ाना पड़ा।

"ओह भगवान! लोहे का हाथ है। स्त्री के शरीर पर फेरते होगे तो वह..."

"डिनर मिलेगा?"

"अवश्य। जब डिनर का समय होगा।"

"अन्दाजे से कब समय होता है?"

"एक बजे। दो बजे। अढ़ाई बजे।"

"और सपर?"

"वह ब्रेकफास्ट के साथ होता है।"

"सचमुच यह शहर बदल गया है।"

"तुम इस शहर से घृणा करते हो। मैं भी करता हूं। लेकिन तुम कायर थे और इस शहर को छोड़कर भाग गए। लेकिन मैं नहीं भागा। मैं लड़ा और बहुत लड़ा। और अब..." कहकर मोहन रोने लगा।

"अब क्या हो गया?"

"तुम जानते हो, मेरा कोई भाई नहीं। तुम मेरे मित्र ही नहीं, मेरे भाई भी हो। कानून की दृष्टि से नहीं। लेकिन तुम्हारे चले जाने के बाद मैंने किसीको मित्र नहीं बनाया। केवल दुआ-सलाम है। इस शहर में मित्र नहीं होते, केवल स्वार्थी लोग हैं। इस शहर में दोलत है, चमक-दमक है। ऊंची-ऊंची बिल्डिंगें

हैं, जिनमें छोटे-छोटे लोग रहते हैं। दौलत है तो उसका हिसाब नही। फुटपाथ है तो रात को तुम उसपर चल नहीं सकते, क्योंकि लोग सो रहे होते हैं। और मैं छोड़ गया हूं कि दौलत सबसे बड़ी ताकत है।" मोहन रोए जा रहा था।

"अब यह औरतों की भांति रोना बन्द करो।"

"अच्छा, अब अपना गिलास खाली करो। अब इस कैद खाने से बाहर निकलते हैं। मैं मुंह धोकर आता हूं।" कहकर मोहन उठा और बाथरूम की ओर बढ़ गया। अब उसके कदम ठीक न उठ रहे थे।

अरुण ने छत को देखा, जैसे ऊपर वाले को देख रहा हो। मुस्कराया और गिलास खाली कर दिया।

मोहन आठ मिनट बाद आया।

"गिलास खाली कर दिया?"

"हां।"

"आओ, चलें। वैसे बाथरूम जाओगे?"

"नहीं। मेरे गुरदे कमजोर नहीं हैं।"

"हो भी नहीं सकते। आखिर लस्सी पीते हो और बादाम खाते हो। इस शहर में पाटीवाले से लेकर करोड़पत्ति तक गोलियां खाता है। रोटियां कम खाता है।"

अरुण खड़ा हो गया।

"अरुण!"

"हां?"

"यह तुम्हारा लोगर तो नजर आ रहा है। बेहतर है कि बुशर्ट पहन लो।"

"कोई बात नहीं। मैं इसे आगे की जेब में डाल लेता हूं।" कहकर अरुण ने पिस्तौल आगे की जेब में डाल लिया।, अब ठीक है?"

"हां।"

"चलें।"

"आओ।"

वे बाहर निकले। मोहन ने लैच ताला लगाया। दोनों बंगले से बाहर निकल गए।

"टैक्सी ले लें?" अरुण ने कहा।

“नहीं। दूर नहीं जाना है।”

“तुम ठीक हो?”

“बिलकुल...ऐसा क्यों पूछा?”

“यूं ही।”

“यह बम्बई है। यदि मजदूरों के इलाके में जाएं तो सड़क पर दर्जनों बेवड़े मिलेंगे।”

“वे क्या होते हैं?”

“शराबी। जो नशे में बदमस्त होकर खर्राटे ले रहा हो, उसे बेवड़ा कहते हैं।”

“हमें भी बेवड़ा बनना पड़ेगा?” अरुण ने हंसकर कहा।

“वह तुम नहीं बन सकते।”

“और तुम?”

“मेरी बात छोड़ो।” मोहन ने कहा, “पान खाओगे?”

“नहीं। मुझे अपने सुन्दर और स्वस्थ दांतों से इश्क है।”

“तुम्हारी हर चीज सुन्दर है। और तुम भी सुन्दर हो।” मोहन पानवाले के पास रुक गया।

“सेठ, दो।”

“हां।”

स्पष्ट था कि पानवाला मोहन को जानता था। वरना पूछता कि कैसा पान लगाएं।

अरूण ने देखा कि वह तम्बाकू वाले पान लगा रहा था। एक पान उसने बढ़ाया। मोहन ने मुंह में डाला। दूसरा दुकानदार ने लपेटकर बढ़ा दिया।

मोहन आगे बढ़ गया। अरुण समझ गया कि खाता चलता होगा।

तीन

वे चल रहे थे या व्हिस्की उन्हें चला रही थी, इसका फैसला न हो सकता था। मोहन ने कहा था, यह रात बहकने की रात है। अरुण देखना चाहता था

कि लोग बम्बई में कैसे बहकते हैं। सिगरेट उसके मुंह में था।

मोहन के मुंह में पान था। इसलिए बात न हो सकती थी। अब मोहन के कदम ठीक उठ रहे थे। पहला झटका समाप्त हो गया था। खुली हवा ने अलकोहल को पेट से निकालकर सारे शरीर में फैला दिया था।

मोहन ने पीक थूक दी, बल्कि पान ही थूक दिया। जेब से रूमाल निकालकर होंठ साफ किए।

"मोहन!"

"हूं?"

"मेरा नाम क्या है?"

"अरुण।"

"और?"

"बस।"

"शाबाश!"

"तुम मुझे गधा समझते हो। तुम्हारा नाम फिल्म इंडस्ट्री के एक आदमी को बता दूं तो सुबह तक सारी इंडस्ट्री जान जाएगी कि तुम इस शहर में हो। आधे फिल्मी अभिनेता, निर्माता और फाइनांसर शहर छोड़कर भाग जाएंगे।"

"धीरे बोलो।"

"धीरे ही बोल रहा हूं।"

"और मैं काम क्या करता हूं?" अरुण ने पूछा।

"दिल्ली के करीब फरीदाबाद में प्लास्टिक की फैक्टरी है।" मोहन ने कहा।

"पंजाब में खेत क्यों नहीं?"

"नहीं। तुम किसान नहीं दिखाई पड़ते हो।"

"ट्रैक्टर चलाने वाला किसान तो हो सकता हूं।"

"नहीं। प्लास्टिक की फैक्टरी ठीक है।"

"फिर नाम क्या है?"

"लेफ्ट-राइट प्लास्टिक इंडस्ट्रीज।"

अरुण हंसने लगा।

"क्यों, नाम पसन्द नहीं?"

"इससे मिलता-जुलता नाम शायद किसी प्लास्टिक फैक्टरी का है।" अरुण ने कहा, "लेकिन बात नहीं बनी।"

"अरुण प्लास्टिक इंडस्ट्रीज?"

"हां। यह चल सकता है।"

"तो चला दूंगा।"

वे एक बिल्डिंग के आगे रुक गए।

"मंजिल आ गई।" मोहन ने कहा।

"वहां कौन है?"

"मशहूर फिल्मी अभिनेता का सेक्रेटरी मिस्टर राव।"

"अच्छा आदमी है?"

"मिलोगे तो खुश हो जाओगे।"

"ओके बास!" कहकर अरुण ने कंधे झटके।

वे बिल्डिंग में दाखिल हुए। बिल्डिंग तीन मंजिला थी और नई बनी थी। वे पहली मंजिल पर जाकर एक फ्लैट के आगे रुक गए।

मोहन ने घंटी का बटन दबाया।

"आ जाओ।" भीतर से आवाज आई।

मोहन ने दरवाजा खोला। "आओ," कहकर वह भीतर चला गया।

अरुण भी भीतर चला गया।

"राव!" मोहन ने भारी स्वर में कहा।

"एम० एम०! आओ। तुम्हारा ही इन्तजार था। इतनी देर क्यों कर दी?" राव ने कहा।

"इनसे मिलो। यह मेरे बहुत गहरे मित्र हैं—अरण, और यह मिस्टर राव हैं।"

अरुण ने हाथ मिलाया।

"एम० एम०, यह हाथ है या लोहा?" राव ने कहा।

"पसन्द आया?" मोहन ने कहा और सोफे पर बैठ गया।

"मिस्टर अरुण, इधर बैठो।"

अरुण बैठ गया।

उसने कमरे का निरीक्षण किया। बहुत बढ़िया सोफा था। दीवार से दीवार तक कालीन था। गहरे नीले रंग का। एयर कंडीशनर चल रहा था। कमरे में रात के अतिरिक्त चार आदमी और बैठे थे। सबके आगे गिलास पड़े थे। बीच में स्काच व्हिस्की की बोतल थी। सिगरेटों के धुएं से कमरे में हवा भारी हो गई थी। अरुण को घुटन-सी अनुभव हुई। वह खुली हवा से यहां आया था।

राव बैठ गया।

"एम० एम०,अपना और अरुण सेठका गिलास निकालो।"

"लाता है।"

"राव साहब! हम लाता है।" एक नवयुवक बोला।

अरुण ने उसका निरीक्षण किया। साफ दिखाई पड़ता था कि वह फिल्म एक्टर बनने आया था।

"हां। तुम लाओ राकेश!" राव बोला।

"और मिस्टर अरुण! तुम कब आया?"

"आज दुपहर बाद।" अरुण ने कहा।

"दिल्ली से?"

"जी।"

गिलास आ गए थे।

"एम० एम०, व्हिस्की डालो।"

मोहन व्हिस्की डालने लगा।

"मिस्टर राव, हम बोल रहा था।" एक पचास वर्षीय पुरुष ने कहन चाहा।

'ठहरो सेठ! तुम देखता नहीं, हमारा मेहमान आया है। और एम० एग० हमारा एकदम फ्रैण्ड है। तुम्हारा बात भी सुनेगा। थोड़ा बैठना मांगता।" राव ने रोबदार स्वर में कहा।

वह बेचारा चुप हो गया।

'वैलकम टु बाम्बे।" राव ने गिलास उठाकर कहा।

"चीयर्ज।" अरुण ने गिलास उठाकर कहा। मोहन ने भी गिलास उठा लिया।

तीनों ने एक-एक घूंट भरा और गिलास रख दिए।

"अरुण सेठ, सिगरेट चलेगा? एम० एम०, तुम तो छोड़ दिया।" राव ने

पैकेट बढ़ाया।

'मेरा विचार है, कमरे में पहले ही बहुत धुआं है।" अरुण ने धीरे से कहा।

"ओह, कोई बात नहीं। राकेश, पंखा चला दो। अभी तुम बाहर से आया है ना। दस मिनट में बरोबर हो जाएगा।"

"शायद।" कहकर अरुण ने सिगरेट लिया। "थैंक्यू।"

"ऐसा नहीं बोलने का। एम० एम० हमारा असली फ्रेंड है। और तुम एम० एम० का फ्रेंड है।"

"मिस्टर राव!" उस व्यक्ति ने कहा।

"मेहरा सेठ! तुमको बोला, हमारा गैस्ट आया है।"

"वह तो ठीक है। मैं दो घंटे से बैठा हूं।" मेहरा बोला।

"अभी रात बाकी है।"

"हमारे को और भी काम है।"

"तो पहले वह कर लो।" राव ने कहा।

मेहरा सेठ चुप हो गया।

"और मिस्टर अरुण, दिल्ली में गर्मी है?"

"थोड़ी है।"

"इधर भी है। यह साला एयर कंडीशन तो एकदम बंडल चीज है।"

"हूं।" अरुण ने कहा।

"तुम दिल्ली में क्या करता है?" राव ने पूछा।

"प्लास्टिक की फैक्टरी है।" मोहन बोला।

"वैरी गुड। अच्छा धन्धा है। लेकिन यह साला लेबर बहुत परेशान करता है।"

"वह तो चलता है।" अरुण ने कहा।

"मिस्टर राव!" मेहरा बोल पड़ा।

"आप इनकी बात सुन लीजिए।" अरुण ने कहा।

"अरे! ऐसा बात तो सुबह से लेकर रात को दो बजे तक सुनता है। एम० एम० हमारा फ्रैंड, तुम एम० एम० का फ्रैंड और अब हमारा फ्रैंड।"

"बरोबर।" अरुण ने कहा।

“अभी तो धुआं नहीं रहा?”

“नहीं। अब ठीक हूं।”

“एम० एम०, तुम कैसा है?”

“ठीक हूं।” मोहन ने कहा।

“देखो। इस फ्राइडे को बॉस का बना पिक्चर का प्रीमियर है। भाभी को बोलना, तैयार रहे। और अरुण सेठ, आज संडे है। तुम फ्राइडे तक इधर होगा?”

“शायद।”

“अरे, हमारी खातिर रुको। कभी फिल्म का प्रीमियर देखा है?” राव ने पूछा।

“नहीं।”

“फिर तो जरूर देखो। तुमको रुकना पड़ेगा। क्यों एम० एम०, हम ठीक बोलता है?”

“शायद हम कल हांगकांग जाएं।” अरुण ने कहा।

“अरे हांगकांग फ्राइडे को चले जाना। इधर दिन और रात में अधिक नहीं तो दस सर्विस होगा। और एम० एम० को तो किसी भी एयर लाइंज का टिकट मिल सकता है।”

“अच्छा , चलेंगे।” अरुण बोर हो रहा था।

“हां, ऐसा बोलो। बॉस ने इस फिल्म में एवन काम किया। है। बॉस का हर फिल्म सिल्वर जुबली होता है। लेकिन यह फिल्म गोल्डन जुबली होने को मांगता है।”

“राव साहब, आप ठीक फरमाते हैं।” राकेश बोला।

“मैंने ट्रायल देखा था। कुमार साहब ने कमाल का काम किया है।”

“एम० एम०, भूलना नहीं। जाने से पहले अपना भाभी और मिस्टर अरुण का पास लेकर जाना। साला फिल्म इंडस्ट्री की तमाम हीरोइन आएगी और हीरो आएगा।”

“मिस्टर राव! मेरी भी सुन लो।” मेहरा बोला।

“पहले हमारी सुनो।” राव बोला।

“कहिए।”

“हमारा गैस्ट आया?”

"आया।"

"तुम्हारा कार में कितना बाटल पड़ा है?"

"दो है।"

"उधर काहे को रखा। पीने वाला इधर है। उधर क्या कार में डालेगा?"

"मैं लाता हूं।" कहकर मेहरा खड़ा हो गया।

"राकेश को साथ ले जाओ।" राव बोला।

राकेश खड़ा हो गया।

दोनों चले गए।

"क्या मांगता है?" मोहन ने पूछा।

"मांगता है, 'डेट।' साला 'डेट' किधर है? इक्कीस फिल्म का शूटिंग चल रहा है। अब बॉस को थोड़ा सोने का भी है। वह मशीन तो नहीं। मशीन भी थोड़ा आराम मांगता है। क्यों अरुण सेठ?" राव ने कहा।

"बरोबर।" अरुण ने कहा।

"बिलकुल ठीक।" कहकर राव ने अरुण के बाजू पर हाथ मारा और फिर उसका बाजू टटोलने लगा।

"एम० एम०, यह तुम्हारे फ्रैंड का बाजू स्टील का है?"

"अभी हाथ नहीं मिलाया था?" मोहन ने मुस्कराकर कहा।

"अरुण सेठ! तुम क्या बाक्सिंग करता है?"

"नहीं।"

"अरे, यह तो साला स्टील का है।" राव उसके बाजू की मछलियां नाप रहा था।

व्हिस्की आ गई।

मेहरा बैठ कर बोला, "हां, तो मिस्टर राव, अभी हमारी सुनो।"

"बोलो सेठ!"

"देखो, सारा फिल्म पूरा हो गया है। सिर्फ चार दिन का काम बाकी है। हमारे को डेट दे दो। अभी छत्तीस लाख रुपया फंसा हुआ है। तुम्हारा एक-एक पैसा आ गया है ना?"

"बरोबर।"

"तो चार दिन की वजह से छतीस लाख रुपया फंसा पड़ा है। डिस्ट्रीब्यूटर बहुत शोर मचा रहे हैं।"

"इनकी आदत है। मेहरा सेठ! देखौ, अभी बॉस के पास इक्कीस फिल्म का शूटिंग चल रहा है।"

"मिस्टर राव, प्लीज! किसी तरह एडजस्ट करा दो। चार दिन की शूटिंग बाकी है।"

"अगले मास चलेगा।"

"नवम्बर में?"

"हां।"

"आज आठ अक्तूबर है।" मेहरा ने कहा।

"देखो मेहरा सेठ! एक या दो दिन का काम होता तो हम अक्तूबर में एडजस्ट कर देता लेकिन चार दिन तो नवम्बर में मिलने को सकता है।" राव ने कहा।

"कभी।"

दूसरे सप्ताह में।"

"पहला सप्ताह कर दो।"

"मुश्किल है।"

मेहरा रो देना चाहता था लेकिन रो न सकता था।

"अच्छा, बोल दो।"

"राकेश, वह हमारा ब्रीफकेस देना।"

राकेश ने उठकर ब्रीफकेस दिया। राव ने उसे खोला और एक डायरी निकाली। वह पांच मिनट उसको देखता रहा।

"मेहरा सेठ चार दिन मांगता है ना?"

"हां।"

"अभी देख लो। बाद में बोलेगा, एक दिन और दे दो तो नहीं मिलेगा। फिर सारा सैट तोड़ना पड़ेगा। नवम्बर के बाद जनवरी में डेट मिल सकता है।"

"अच्छा, पांच दिन ही कर दो।"

"आप लोग फिल्म बनाना भी नहीं जानता। सदा एक-दो दिन ज्यादा मांगते हैं।" राव ने विशाल हृदयता का प्रमाण दिया, "अच्छा, नौ से तेरह

तारीख तक चलेगा?"

"चलेगा।" मेहरा ने अपनी डायरी में नोट कर लिया। "मैं कल ही स्टुडियो बुक करता हूं।"

"हीरोइन से डेट ले लिया?"

"हीरोइन का काम नहीं है। कैबरे का सीन है। एक डांस फिल्माना है।"

"फिर ठीक है।"

मेहरा ने गहरा श्वास लिया, "अच्छा, अब मैं चलता हूं।"

"ऐसा कैसे जाएगा! एक पैग व्हिस्की तो पिओ।" राव के पास उसकी दो बोतल व्हिस्की थी।

"जरूर पिएगा।" कहकर मेहरा ने अपने गिलास में व्हिस्की डाली। सोडा मिलाया।

"हां, तो अरुण सेठ! बम्बई पहले भी आया है?"

"बीस वर्ष हुए।"

"ओह! बीस वर्ष में तो जवान बूढ़े हो गए होंगे और जो पैदा हुए होंगे, वे जवान हो गए होंगे। शूटिंग देखने को मांगता?"

"कल थोड़ा काम है।"

"कोई बात नहीं। परसों चलेगा।"

"अच्छा मिस्टर राव!" मेहरा ने गिलास खाली कर दिया था और जाने के लिए खड़ा था। इसके साथ एक और आदमी भी खड़ा हो गया।

"ठीक है मेहरा सेठ! गुडनाइट।" राव ने बैठे-बैठे कहा, जैसे वे लोग नौकरी के लिए आए थे।

अरुण सोच रहा था, यदि सेक्रेटरी की यह हालत थी तो बॉस के नखरे तो आसमान पर होंगे।

वे चले गए।

"अरुण सेठ! यह तुम इतना मजबूत आदमी है और व्हिस्की कैसे पीता है? अभी तक एक पैग भी खत्म नहीं किया।"

"मैं साढ़े चार बजे से पी रहा हूं।" अरुण ने मुस्कराकर कहा।

"फिर क्या हुआ! अभी बजा ही क्या है? ऐसा नहीं चलेगा। गिलास

खाली कर दो।"

मोहन ने ठीक कहा था कि यहां शाम दस बजे शुरू और रात के अढ़ाई बजे समाप्त होती है। वह समझ गया कि आज व्हिस्की पीनी नहीं पड़ेगी बल्कि उससे स्नान करना पड़ेगा।

उसने गिलास उठा लिया।

मोहन ने अपना गिलास खाली कर दिया था। अरुण ने उसे देखा और मुस्करा दिया।

"एम० एम०, आज का जोक सुनो।" राव ने कहा।

"हो जाए।"

एक भद्दा-सा जोक सुनाया, जिसे सुनकर तमाम महफिल खिलखिलाकर हंसने लगी। अरुण भी मुस्करा दिया। राव बोला, "कैसा रहा?"

"ठीक है।"

"अरे, इधर फिल्म इण्डस्ट्री में बहुत गन्दा जोक बलता है। अरुण सेठ, तुम सुनेगा तो हैरान होगा। और यह जो हीरोइन लोग हैं, यह गन्दा जोक बहुत पसन्द करता है।" राव ने गर्व से कहा।

"जरूर करता होगा।"

"राव सेठ, एक मैं सुनाऊं?" राकेश ने कहा।

"जरूर।"

इसके बाद आध घण्टे तक अश्लील लतीफे जारी रहे, जो लिखे नहीं जा सकते।

मेहरा की दो बोतलों में से एक खुलकर आधी हो गई थी,

राकेश के अतिरिक्त जो आदमी था, वह अधिक न बोल रहा था। केवल व्हिस्की पी रहा था। अचानक उसने ऊंचा-ऊंचा रोना शुरू कर दिया।

"गया काम से।" राव बोला, "अरे किनारा, तुमको क्या हो गया?"

किनारा रोता रहा।

"साला व्हिस्की हजम नहीं कर सकता तो क्यों पीता है?" राव ने रोबदार स्वर में कहा।

किनारा ने रोना बन्द कर दिया।

"अरुण सेठ, तुम घबराना नहीं। इधर फिल्म इण्डस्ट्री में साला सब लोग पीने के बाद दो में से एक काम करता है।" राव ने कहा।

"कौन-कौन से?"अरुण ने पूछा।

"एक तो रोएगा। यदि रोएगा नहीं तो साला मारा-मारी करेगा। मारा-मारी समझता है?"

"नहीं।" अरुण ने कहा, "लड़ाई करता है?"

"अरे नहीं। यह फिल्म का लोग लड़ नहीं सकता। गालियां बकता है या क्रॉकरी तोड़ता है। हां, तो किनारा, अभी क्या हुआ?"

"राव साहब! बॉस से बोला, हमारा कहानी सुन ले। बिलकुल ओरिजनल है।"

"यहां कोई चीज ओरिजनल नहीं। डाइरेक्टर हालीवुड की फिल्म की डाइरेक्शन चोरी करता है। हीरो-हीरोइन उधर का हीरो-हीरोइन की नकल करता है। राइटर कहानी चोरी करता है। म्यूजिक डाइरेक्टर संगीत चोरी करता है। तुम बोलता है, ओरिजनल कहानी लिखा है?"

"जी हां।"

"तो वह इधर नहीं चलता। इधर बोलो हम हालीवुड, इंग्लैंड, फ्रांस, जापान का अमुक फिल्म का कहानी चोरी किया है तो फौरन चलेगा।"

अरुण मुस्करा दिया।

"तो हम ऐसा ही करेगा।"

"अब बात बना। अभी बहुत पी गया है। अब घर जाओ, अगर कोई है तो।" राव ने उसका मजाक उड़ाया।

"जाता है।" किनारा ने कहा। गिलास खाली किया और सलाम करके चला गया।

"साला एकदम पागल है। स्काच व्हिस्की पीता है। अभी जाकर नोटांक पिएगा तो बरोबर हो जाएगा। साला मुफ्त का व्हिस्की भी हजम नहीं कर सकता। अभी बोलता है, राइटर है।" राव ने अपने गिलास में व्हिस्की डाली।

"बाथरूम किधर है?" अरुण ने कहा।

"क्या करने का है?" राव ने पूछा।

"पेशाब।"

"तो एम० एम० की पतलून की जेब में कर दो।" राव ने कहा।

सब हंस पड़े।

"वह सामने।" मोहन ने कहा।

अरुण उठकर चला गया।

वह बाथरूम में दाखिल हुआ तो चौंक पड़ा। वह नशे में था या राव नशे में था। उसने बाथरूम का निरीक्षण किया। एक ओर चालीस-पचास छोटी फुल प्लेटें और हड्डियां पड़ी थीं।

'यह बाथरूम है या किचन?' अरुण ने मन ही मन कहा।

लेकिन यह बाथरूम ही था।

पांच मिनट बाद अरुण मुंह-हाथ धोकर आया तो गोहन राव के कान में धीरे-धीरे बात कर रहा था।

"ठीक है।" मोहन ने अरुण को देखकर कहा।

"अभी तुम बोलता है तो ठीक है।" राव ने कहा, "लेकिन साला कचरा क्यों मांगता है?"

"राव!" मोहन ऊंचे स्वर में बोला।

"ओह, ठीक है। ठीक है।" राव संभल गया। "अरुण सेठ, खाना किधर खाने का है, इधर ही मंगा लें?"

"मेरा विचार है, बाहर चलते हैं।" अरुण ने कहा।

"ठीक है। एम० एम०, यह बोतल ले लो...अभी बॉस को दो मिनट मिलना है। उसे कल का प्रोग्राम बताना है। लेकिन इसकी क्या जरूरत है। बॉस को तो अभी तीन दिन और इस फिल्म में काम करना है।"

"राव साहब, हमारा भी काम कर दो।" राकेश बोला।

"जरूर करेगा।"

"वह तो आप दो महीने से कह रहा है।"

"देखो राकेश, तुम्हारे को एक्टर बनने का है ना?"

"जी हां।"

"साला, हर शाम तुम जो स्काच पीता है, इधर इतना प्रोड्यूसर और

डाइरेक्टर आता है, किसीसे आप बात क्यों नहीं करता, तुम बात शुरू करेगा तो आगे हम बोलेगा। अब क्या हमारे को एक्टर बनने का है? साला तुम नहीं बोलेगा तो हम क्या बोलेगा?"

"ठीक है।"

"तो अभी घर जाओ, अगर कोई है तो। अब हम अरुण सेठ को डिनर खिलाता है।"

"गुडनाइट!" राकेश ने कहा।

राव ने उत्तर न दिया। राकेश चला गया।

"साला कितना फालतू आदमी आता है। स्काच पीता है और सोचता है, डिनर भी इधर ही मिलेगा। हां, तो एम० एम०, चलें?" राव ने कहा।

"जरूर।" कहकर मोहन ने गिलास खाली कर दिया।

"बाटल साथ रखना।" राव ने कहा और गिलास खाली कर दिया। "आओ अरुण सेठ!"

अरुण ने भी गिलास खाली कर दिया। राव ने विदेशी सिगरेटों के पैकेट उठाए। मोहन ने बोतल संभाली। राव ने एयरकंडीशनर, पंखा और रोशनियां बन्द कीं और फ्लैट को ताला लगाया।

वे नीचे उतरे। मोहन बहुत पी गया था। राव ने भी बहुत पी रखी थी, लेकिन वह होश में था।

सड़क पर पहुंचकर राव ने एक कार का ताला खोला।

"सब फ्रंट सीट पर बैठेगा।" राव बोला।

अरुण ने दबे स्वर में पंजाबी में मोहन से कहा, "यह कार चलाएगा?"

"चिन्ता न करो।" मोहन ने उत्तर दिया।

अरुण ने आकाश को देखा और मन ही मन दुआ मांगी। वे तीनों फ्रंट सीट पर बैठ गए और कार स्टार्ट कर दी।

"अरुण सेठ! चीनी डिनर चलेगा?"

"क्या और कुछ नहीं मिल सकता?"

"जो भी बोलो। अच्छा, पंजाबी खाना खाते हैं।" राव ने कहा और गियर डाल दिया।

कार दौड़ने लगी। तीन-चार मिनट तो अरुण दम साधे बैठा रहा लेकिन उसके बाद वह निश्चिन्त हो गया कि राव कार ठीक चला रहा था। घबराने की बात न थी।

"अरुण सेठ! तुम्हारा कितना बच्चा है?"

"यह तुम्हारी तरह है। इसने शादी नहीं बनाया।" मोहन बोला।

"अरे वंडरफुल! यह तो हमारा एकदम फ्रैण्ड है। साला इतना लड़की लोग एक्ट्रेस बनने आता है। शादी की क्या जरूरत है। साला सोलह वर्ष की उम्र में आता है और तीन वर्ष में एक्ट्रेस तो नहीं बनता है, चालीस वर्ष का बन जाता है। अरुण सेठ, एक बात बोलेगा?"

"क्या?" अरुण ने कहा।

"तुम साला हीरो बन सकता है।"

"मैं दिल्ली में ही ठीक हूं।"

"वह अलग बात है। लेकिन हम सच बोलता है। अभी तो इंडस्ट्री में कोई हीरोइन ही नहीं...कुमारी के मरने के बाद कोई हीरोइन नहीं रही। अभी जो हीरोइन है ना, वह अभिनय नहीं कर सकता, जिस्म दिखाता है। और फिर साला फिल्म कौन बनाता है। सिर्फ दो-चार डाइरेक्टर हैं। बंगाली बाबू। बाकी सब इंडियन ब्ल्यू फिल्म बनाता है।"

"ब्ल्यू फिल्म?" अरुण ने कहा।

"तुम फिल्म नहीं देखता?"

"पिछले बारह वर्ष से नहीं देखा।"

"अच्छा किया। बॉस भी अब नई फिल्म साइन नहीं कर रहा है। बोलता है, हम ढिशुम-ढिशुम नहीं कर सकता।"

"और तुम क्या करेगा!" मोहन ने कहा।

"अरे एम० एम०, क्या बोलता है! इस इंडस्ट्री में बड़ा-बड़ा हीरो आया और गया। हीरोइन आया और गया। लेकिन अच्छा सेक्रेटरी मिलना बहुत मुश्किल है, और हम बहुत अच्छा सेक्रेटरी है।"

"राव! तुम किसी हीरोइन का सेक्रेटरी क्यों नहीं बनता?"

"औरत का?" राव ने आवेश में कहा :

"साला औरत को सम्हालना बहुत मुश्किल है, इसीलिए तो शादी नहीं बनाया। अभी साला एक लड़की हीरोइन बना-बना है। बोलता है कि इंडिया में पन्द्रह से बड़ी कोई लड़की कुंआरी नहीं यानी विरजिन नहीं। साला ऐसी बात तो वेश्या भी नहीं बोलता। अभी मैगजीन में इन हीरोइन लोग का फोटो देखो। साला बिलकुल नंगा फोटो तो देता है। साला नंगा होने से हीरोइन बन जाएगा। एक टाइम था कि फिल्म आर्ट था। अभी क्या है, साला इंडियन ब्ल्यू फिल्म। नंगा—नंगा—नंगा..."

अरुण ने मन ही मन राव को दाद दी। वह इस दुनिया में रह रहा था। उससे बेहतर फिल्म इंडस्ट्री के बारे में कौन जान सकता था।

रेस्टोरेण्ट आ गया था।

अरुण ने अपनी घड़ी देखी। रात के साढ़े बारह बजे थे। वे उतरकर रेस्टोरेण्ट में चले गए। रेस्टोरेण्ट का मालिक या मैनेजर राव को जानता था। उसने नम्रता से स्वागत किया।

रेस्टोरेण्ट एयरकंडीशंड था। वहां केवल अमीर लोग बैठे थे। कई लोगों ने राव को हैलो किया।

मैनेजर या मालिक ने इन्हें खास मेज दी। बटलर आ गया।

"अरुण सेठ! मीनू देखने का है?"

"नहीं। आपका आर्डर चलेगा।"अरुण ने कहा।

राव ने आर्डर दे दिया।

फिर वही अश्लील लतीफे शुरू हो गए।

आधे घण्टे में उन्होंने खाना समाप्त किया। अरुण की तो भूख से बुरी दशा थी। लेकिन खाना बहुत अच्छा था।

बिल आया। राव ने हस्ताक्षर कर दिए और बैरर को पांच रुपये टिप कर दिया।

"मैं बाथरूम हो आऊं।" कहकर राव चला गया।

"इसका खाता चलता है?" अरुण ने मोहन से पूछा।

"ये तमाम बिल बॉस के खाते में जाते हैं, और बॉस इन्हें किसी प्रोड्यूसर के खाते में डाल देता है। वैसे आदमी पसन्द आया?"

"बड़ी जिन्दगी है।" अरुण ने कहा, "अब क्या प्रोग्राम है?"

"कार में व्हिस्की की बोतल पड़ी है।"

"ओह भगवान! उसे कहां बैठकर खत्म करना है?"

"देखते जाओ।"

"कुछ मारा-मारी करने का इरादा तो नहीं?"

"ओह, नहीं।"

राव लौट आया था, "चलें?"

"चलो।" कहकर मोहन खड़ा हो गया। अरुण भी खड़ा हो गया।

वे कार में बैठ गए।

"ठिकाना मालूम है?" मोहन ने कहा।

"ओ एम० एम०, क्या वोम मारता है! राव इंडस्ट्री में किसे नहीं जानता? और इंडस्ट्री में कौन है जो राव को नहीं जानता?" और कार दौड़ने लगी।

दस मिनट बाद एक छः मंजिला बिल्डिंग के आगे कार रुक गई।

"एम० एम०, बाटल ले लेना।" राव ने कहा।

"चिंता न करो।" कहकर मोहन ने बोतल पतलून की जेब में डाल ली।

"पतलून की खास साइज की जेब बनवाते हो!" अरुण ने हंसकर कहा।

"समय-कुसमय के लिए।" मोहन ने कहा।

इस बार अरुण हंस दिया।

"क्या है? हमारे को भी बोलो।"

"बोलेगा। जोक है।" मोहन ने उत्तर दिया।

"कौन-सा माला?"

"चार।

"लिफ्ट है?"

"बरोबर।"

"शुक्र है, वरना इस दशा में तो एक माला भी नहीं चढ़ा जा सकता।"

चौथी मंजिल पर वे लिफ्ट से निकलकर एक फ्लैट की ओर बढ़े। रात का एक से अधिक बज चुका था, लेकिन बिल्डिंग के आधे फ्लैटों में रोशनी थी।

एक फ्लैट के आगे रुककर राव ने घंटी का बटन दबा दिया और दो

मिनट तक अंगुली नहीं उठाई।

"आता है। आता है।" भीतर से आवाज आई तो राव ने बटन से अंगुली उठा ली।

"साला दिन में ही झेंपता (सोता) है।" राव बोला।

"कौन है?" मधुर नारी-स्वर सुनाई दिया।

"डाकू नहीं, दरवाजा खोलो।" राव ने रोबदार स्वर में कहा।

दरवाजा खुला तो एक बूढ़ी स्त्री थी।

"बानो किधर है?" राव ने भीतर घुसते हुए कहा।

बूढ़ी स्त्री एक ओर हट गई।

"आ जाओ।" मोहन ने कहा।

अरुण भी भीतर चला गया। उसने कमरे का निरीक्षण किया। फर्नीचर बीस वर्ष पुराना था। दीवारों पर बड़े साइज के चित्र थे। अरुण ने सिर को झटका दिया। यह चेहरा तो जाना-पहचाना था। उसने नशे से भरी आंखें पूरी खोल दीं।

"भीतर है।"

"झेंपता है?"

"नहीं।"

"बुलाकर लाओ।" राव के स्वर में आदेश था।

"बैठो। बुलाता है।" कहकर बूढ़ी महिला चली गई।

राव बड़ी लापरवाही से घिसे हुए सोफे पर बैठ गया। "बैठो अरुण सेठ!"

अरुण और मोहन बैठ गए। अरुण अभी तक कमरे का निरीक्षण कर रहा था।

दो मिनट बाद बानो आ गई। आंखों में नींद थी। बाल कंधों पर बिखरे हुए थे।

"अरे राव सेठ, तुम!" बानो ने मुस्कराकर कहा।

'वही मुस्कराहट।' अरुण ने सोचा। वही नैन-नक्श। वही सुतवां नाक, जो तलवार की भांति थी। वही बारीक होंठ।

"क्या दिन में ही सोता है?" राव ने कहा।

"नहीं। यूं ही लेट गई थी।" बानो ने मुस्कराकर कहा।

"लेट गई थी या जवानी को याद कर रही थी? अरे बानो, जवानी सिर्फ एक बार आती है। और फिल्म की हीरोइन की जवानी तो केवल सात-आठ वर्ष होती है। क्या बात है, कोई फ्रेंड नहीं आता?"

"अब क्या आएगा। अभी जो हीरोइन आया है, उसको देखकर हमें कौन पूछता है?" बानो ने निश्वास लिया। वह अरुण और मोहन को देख रही थी।

'खंडहर बता रहे थे कि इमारत अजीम थी।'

अरुण के दिमाग में यह मिसरा आ गया। सचमुच अब यह खंडहर थी। लेकिन इसकी आयु अभी चालीस वर्ष की भी न होगी। शरीर भारी न हुआ था। चेहरे और शरीर में अभी आकर्षण था।

"ऐसा मत बोलो। देखो, हम क्या लाया है?"

"क्या लाए हैं आप?"

"यह अरुण सेठ हैं। हमारे एम० एम० का फ्रेंड हैं और अब हमारा फ्रेंड। यह तुम्हारा बहुत बड़ा फैन है।" राव ने कहा।

"आदाब!" बानो ने झुककर कहा।

"आदाब।" अरुण ने कहा।

"साला हम नहीं जानता था कि इतना बड़ा आदमी तुम्हारा फैन हो सकता है।" राव बोला।

"क्या पेश करूं?"

"गिलास। व्हिस्की पिओगी?"

"एक पैग पी सकती हूं।"

"अरे स्काच है और पूरा बोतल है। अच्छी स्काच पिए कितने वर्ष हो गए हैं?"

"शायद नौ वर्ष।"

"तो साला करैक्टर रोल क्यों नहीं करता?"

"कहां मिलता है? और आप दिलवाते कहां हैं?"

"तुम कभी बोला है?"

"मैं गिलास मंगाती हूं। सोडा नहीं होगा।"

"हम जानता है। पानी चलेगा।"

बानो ने नौकरानी को आवाज दी। गिलास और पानी लाने का हुक्म दिया।

"हम काम दिलवाएगा।"

"आपकी बड़ी मेहरबानी।"

"यह तुम हीरोइन लोग एकदम पागल हो। साला जानता है कि यह कार, पार्टियां, प्रेस रिपोर्टर, फोटोग्राफर और चमकदमक केवल कुछ वर्ष के लिए हैं। जैसे ही मार्केट गिरने लगे तो तुमको किसी अमीर आदमी से शादी करने को मांगता।"

"हां, मुझ जैसी कई हैं, जो यह बात समझ न सकीं। हमसे तो कोठेवालियां बेहतर हैं। उम्र के उतरने से पहले ही नायिका बन जाती हैं। जवानी में लड़कियों को जन्म देती हैं, ताकि बुढ़ापे का सहारा रहे।" वानो ने गहरी सांस लेकर कहा।

गिलास आ गए थे। एम० एम० ने बोतल खोलकर रख दी। बानो साकी का कर्तव्य निभाने लगी।

"कुछ भी धन्धा नहीं?"

"बाजार में पन्द्रह और सोलह वर्ष की लड़कियां मिल रही हैं। हमें कौन पूछेगा?"

"और वह बनारसी ब्रोकेड, साड़ियां, हीरे-जवाहरात, सब किधर गए?" राव ने कहा।

"राव साहब , जिस तरह कुएं की मिट्टी कुएं में लग जाती है, उसी तरह इस फिल्म लाइन से कमाया पैसा यहां ही खत्म हो जाता है। ऐसे पैसे में बरकत नहीं।"

"हो भी कैसे सकता है? जब शोहरत मिलता है, तुम्हारा दिमाग आसमान पर होता है। बुरे दिनों का या बुढ़ापे का सोचती ही नहीं हो। इसीलिए तो हम शादी नहीं बनाया। और सुनो, यह अरुण है ना, इसका बाजू लोहे के माफिक है। और यह तुम्हारा फैन है।"

"यह मेरी ख़ुशकिस्मती है कि इतने बड़े इंसान को आप गरीबखाने पर लाए हैं।"

"अब डॉयलाग बन्द करो। व्हिस्की पियो और अरुण सेठ को भीतर ले जाओ। और देखो, इनसे पैसा नहीं लेने को है। यह हमारा गेस्ट है। हम

तुमको काम दिलाएगा। तुम हमारे को मिलते रहा करो। करैक्टर रोल के भी दस-बारह हजार रपये मिल जाते हैं।"

"दस-बारह हजार!' बानो ने व्हिस्की गले से नीचे उतारी और गिलास रख दिया। "राव सेठ, लाखों कमाया। वह न रहा तो दस-बारह हजार अब कौन देगा? सौ का नोट देखे अरसा हो गया है। क्या रंग होता है, अब तो यह भी नहीं मालूम।"

"इधर क्या शूटिंग हो रहा है? व्हिस्की कैसा है?"

"स्काच तो स्काच है।"

"हम सब नहीं पिएगा। बहुत पिया है। केवल एक या दो पैग पिएगा। और बाकी छोड़ जाएगा।"

"हां, अब तो यही हालत है।"

"अभी रोने का समय नहीं।"

"नहीं। अब तो आंखों में आंसू ही नहीं रहे।"

"अरुण सेठ! तुम पी नहीं रहा है?" राव बोला।

"अब नहीं। खाने के बाद नहीं पीता।" अरुण ने जवाब दिया।

"यह कैसे होगा?"

"राव, जाने दो।" मोहन बोला।

"अच्छा बानो! अरुण सेठ को भीतर ले जाओ। देखो, यह हमारा गेस्ट है। कोई शिकायत नहीं।"

"आप चिन्ता न करें। मैं तो स्वयं को जवान अनुभव कर रही हूं।"

"एक ही पैग में!" राव ने हंसकर कहा, "जाओ अरुण सेठ!"

"मैं!" अरुण हिचकिचाया।

"जाओ ना।" मोहन ने उसे धक्का दिया।

"हां-हां, चलो। हमारे को व्हिस्की पीना मांगता है।" राव ने गिलास उठाकर कहा।

"आइए। तशरीफ लाइए।" कहकर बानो ने अरुण का हाथ अपने हाथ में ले लिया।

"कालेज के छोकरे की माफिक शरमाता है।" राव बोला।

बानो और अरुण भीतर चले गए।

कमरे में दो पलंग थे, जिनपर मैली चादरें थीं, यद्यपि वे सिल्क की थीं।

"तशरीफ रखिए।" बानो ने कहा।

अरुण बैठ गया।

बानो उसके जूते उतारने लगी।

"यह आप क्या कर रही हैं?"

"आप कुछ नहीं बोलेंगे। सब कुछ मैं ही करूंगी।" अरुण चुप हो गया।

राव और मोहन व्हिस्की पी रहे थे और अश्लील लतीफे सुना रहे थे।

अचानक राव बोला, "यह अरुण सेठ का क्या पसन्द है! साला इतना जवान छोकरी हीरोइन बन रहा है। सोलह वर्ष का। सतरह वर्ष का। इधर कचरे में क्या रखा है!"

"राव! तुम नहीं समझ सकते। यह एक बहुत पुरानी कहानी है। वह तुमने सुनी नहीं, नया नौ दिन पुराना सो दिन?"

"यानी ओल्ड इज गोल्ड!" राव ने जोरदार कहकहा लगाया।

आधे घंटे बाद बानो और अरुण बाहर आए।

"हमारा फ्रेंड कैसा है?" राव बोला।

"बहुत अच्छे हैं।"

"हम बोला था ना कि बाजू स्टील का है। एकदम स्टील का। अरुण सेठ, एक पैग पी लो।"

"हूं।" कहकर अरुण ने अपना गिलास उठा लिया।

"और क्या खिदमत कर सकती हूं?" बानो ने कहा।

"अरे हमारे को कल मिलो। कल ही काम दिलवा देगा। कौन प्रोड्यूसर या डाइरेक्टर है जो राव को नो बोलना सकता।" राव ने कहा।

"मैं जानती हूं।"

"अच्छा, अभी हम चलता है। यह व्हिस्की पड़ी है। इसे पियो और कल मिलना।"

"बेहतर।"

"पैसा तो नहीं लिया?"

"यह तो दे रहे थे। लेकिन आपका मेहमान मेरा मेहमान है। मैं कितनी

खुशनसीब हूं कि आप इन्हें यहां लाए। मैं तो वर्षों से खुद को एक लाश समझती थी। यह रात तो मैं बरसों नहीं भूल सकती। यह फिर कब तशरीफ ला रहे हैं?"

"अरे हमारे फ्रैंड से इश्क करने लगा?"

"अब क्या इश्क करूंगी!" बानो रो देना चाहती थी।

"अच्छा , हम चलता है।"

"हां राव साहब, सब चले गए। जवानी चली गई। दौलत, शोहरत, मित्र सब चले गए।" बानो ने करुण स्वर में कहा।

"अभी शूटिंग नहीं हो रही है। एक बार एक्ट्रेस बन जाए तो साठ वर्ष की उम्र में भी एक्ट्रेस रहती हैं।" राव कहकर खड़ा हो गया। "आओ एम० एम०! अरुण सेठ! अच्छा बानो, गुडनाइट!"

"गुडनाइट।" बानो इन्हें दरवाजे तक छोड़ने आई।

राव और मोहन चल पड़े।

अरुण एक मिनट के लिए रुका।

"शुक्रिया।" उसने कहा।

"मैं शुक्रगुजार हूं। आप शर्मिन्दा न करें। कभी वक्त मिले तो जरूर आइए।"

"कोशिश करूंगा।"

"खुदा हाफिज!" बानो की आंखों में आंसू तैर रहे थे।

"खुदा हाफिज!" अरुण ने कहा और तेजी से आगे बढ़ गया।

वे नीचे जाकर कार में बैठ गए।

"अभी क्या करने का है?" राव ने कार स्टार्ट करने से पहले पूछा।

"नो टॉक।"

"बस। क्या रात खत्म हो गई?" राव ने कहा।

"यह सफर से थके हुए हैं।" मोहन ने कहा।

"और बाकी कसर बानो ने पूरी कर दी होगी।" राव ने हंसकर कहा।

कार स्टार्ट हुई और दौड़ने लगी।

दस मिनट बाद वे एक बहुत ही गन्दे इलाके में थे। कार से उतरकर वे एक आधी अधेरी कोठरी में चले गए।

अरुण ने कमरे का निरीक्षण किया। दीवारों पर हजरत मसीहा और मेरी की तस्वीरें थीं।

"हे आंटी! तीन नौटांक लाओ।"

"अभी लाता है। बाटल चलेगा?"

"अच्छा, बाटल ले आओ।"

वातावरण और कमरा इतना गंदा और बदबू से भरा हुआ था कि अरुण की नाक फट रही थी।

तीन गिलास और सफेद रंग की बोतल आ गई। मोहन ने तीनों गिलास आधे-आधे भरे और थोड़ा-सा पानी डाला।

अरुण ने गिलास उठाकर सूंघा।

"ओह भगवान! यह क्या है?" उसने कहा।

"अरुण सेठ! यही तो असली शराब है।" राव बोला।

"व्हिस्की की तो महक होती है। इससे तो बदबू आ रही है। और तुम इसे पी रहे हो!" अरुण ने कहा।

"अरे एक बार पीकर देखो।" मोहन ने कहा, "शरीर के अन्दर इन्कलाब लिख देगी।"

"स्काच के बाद यह पिऊं! यह तो देसी शराब से भी अधिक बेहूदा है।"

"चखकर तो देखो।" मोहन ने कहा।

राव और मोहन ने गिलास मुंह को लगाए और खाली करके रख दिए। मोहन फिर गिलास भरने लगा।

"अरे चखकर तो देखो।" मोहन ने कहा।

"मैं इसे सूंघ नहीं सकता, और तुम कहते हो कि इसे पी डालूं!"

"फिर तुमने जीवन में झख मारी है।" मोहन ने कहा।

"शायद तुम ठीक कहते हो।"

"हे आंटी, वह चना किधर है?" राव चिल्लाया।

"लाता है।"

आंटी एक सासर में उबले हुए चने ले आई। अरुण ने देखा और मुंह बनाकर कहा, "यह क्या है?"

"यह बहुत तल्ख है। ये उबले हुए चने इस तल्खी को कम कर देते हैं।" मोहन ने कहा।

"इतना अच्छा और कीमती डिनर खाने के बाद यह चने खाओगे?"

"अरे अरुण! तुम हमारा गैस्ट है। जैसा तुमको छोकरी नहीं, बातें पसन्द हैं, वैसे ही व्हिस्की की जगह हमें यह पसन्द है।" राव ने कहा।

अरुण चुप हो गया।

आधे घण्टे में उन्होंने बोतल खत्म कर दी। राव ने बिल चुकाया, जो शायद पांच रुपये का था।

अब दोनों की दशा शोचनीय थी। लेकिन राव कार ठीक चला रहा था। या नशे में अरुण को लग रहा था कि कार ठीक चल रही थी।

"अरुण सेठ!" राव ने बात करनी चाही। लेकिन अब उससे बात न हो रही थी। "आज तुम्हारा प्रोग्राम था। कल हम बनाएगा, बरोबर?"

"बरोबर।" अरुण ने कहा।

"साला तुमको मालूम नहीं, इंडस्ट्री में कैसे-कैसे अमीर और अच्छे घर की छोकरी हीरोइन बनने आया है। तुम बोला था कि बारह वर्ष से फिल्म नहीं देखा। क्या कभी फिल्मी मैग-जीन भी नहीं पढ़ा या देखा?"

"नहीं।"

"साला यह नया हीरोइन बिना कपड़े के नंगी फोटो छपवाता है।"

"फोटो के नीचे रेट भी छपता है?" अरुण ने कहा।

"नहीं।" राव ने हंसकर कहा, "वह तो मिलने पर तय होता है। लेकिन हमारे से कौन साला पैसा मांगता है। पैसा मांगेगा तो साला जिस फिल्म में काम करता होगा, उस फिल्म से निकाल देगा।"

घर आ गया था।

"एम० एम० अभी ठीक है।" राव बोला।

"हां। एवन।"

"तो गुडनाइट। अरुण सेठ को कल लाने का है।"

"जरूर।" कहकर अरुण और मोहन कार से नीचे उतर गए।

राव ने कार आगे बढ़ा दी।

"यह घर पहुंच जाएगा?" अरुण ने पूछा।

"कोई मिल गया तो फिर पीना शुरू कर देगा।"

"जवाब नहीं।" अरुण ने कहा।

मोहन ने बड़ी मुश्किल से ताला खोला और वह लड़खड़ाता हुआ भीतर चला गया।

"अरुण!"

"हूं?"

"व्हिस्की पीना है तो निकाल लो।"

"नहीं।"

"फिर भी मैं हाफ रख देता हूं। और तुम मेरे बेडरूम में ही सो जाओ।"

"अब यह न कहना कि तुम्हारे साथ ही सो जाऊं।"

"नहीं। वह नहीं कहता।"

मोहन की नशे से बुरी हालत थी। उसने हाफ निकाला और बैठक में चला गया।

उसने हाफ पैग टेबल पर रखा और स्वयं पलंग पर गिर पड़ा।

"कपड़े नहीं बदलोगे?"

"बदलूंगा।"

"यह आज तुम्हें क्या सूझी?''

"तुमने कहा था कि यह रात हमारी है और आज हम बहकेंगे।"

"और यह बानो..."

"वह दिन याद है, जब पांच आने में इसकी फिल्म देखी थी? तुमने कहा था कि लौंडिया बहुत नमकीन है। मुझे आज तक याद है। सच बताओ, क्या सचमुच नमकीन निकली?"

"हूं।"

"एक बात कहूं?"

"कहो।"

"यह अब हीरोइन नहीं रही। और जिस सिनेमा हॉल में इसकी पिक्चर देखते हुए यह कहा था, वह सिनेमा हॉल गिरा दिया गया है। अब वहां बेहतरीन

मार्केट है। सात मंजिला बिल्डिंग बन गई है। नीचे दुकानें हैं। और बाकी छः मंजिलों में दफ्तर हैं।"

"मोहन! बीस वर्ष में दुनिया बदल गई है।"

लेकिन मोहन ने उत्तर न दिया। उसने शूज और जुराबें भी न उतारी थीं। वह बेसुध पड़ा था। अरुण उसे पांच मिनट देखता रहा। उसके बाद मोहन ने खर्राटे लेने शुरू कर दिए।

अरुण उठा। उसने मोहन के शूज, जुराबें उतारीं और बाजुओं में उठाकर ठीक से लिटा दिया। फिर वह बाथरूम गया। वापस आकर उसने लिबास बदला। तमाम बत्तियां बंद कीं। गिलास और पानी की बोतल लाकर उसने हाफ के पास रख दिए।

सिगरेट सुलगाकर उसने हाफ खोला। गिलास में एक पैग डाला। पानी मिलाया और गिलास उठाकर 'बेकार दिन और बेकार रात' के नाम कहकर उसने गिलास होंठों को लगाया और खाली कर दिया।

उसने कलाई की घड़ी देखी। रात के सवा तीन बजे थे।

और वह कुछ सोचने लगा।

चार

प्रातः सवा आठ बजे मोहन की आंख खुली।

उसने अपने-आपको देखा। वह कमीज और पतलून पहनकर सोया था।

फिर उसने अरुण को देखा। वह मीठी नींद सो रहा था। उसके चेहरे पर बच्चे की तरह भोलापन था। नींद में भी उसके होंठों पर हल्की-सी मुस्कराहट थी।

पैग टेबल पर हाफ पड़ा था। उसमें से केवल एक पैग लिया गया था।

उसने रात की बातों को जोड़ना शुरू किया। वे खाना खाने रेस्टोरेंट में गए थे और उसके बाद क्या हुआ था, उसे याद न था।

मोहन ने गिलास में एक पैग डाला। रात के नशे से सिर बहुत भारी था। उसने पैग को कंठ से नीचे उतारा और उठकर बाथरूम में चला गया।

आधे घंटे में वह शौचक्रिया से निवृत्त होकर नये कपड़ें पहन रहा था।

अरुण अभी सो रहा था। उसके शरीर पर कुर्ता और लुंगी थी।

मोहन रसोईघर में चला गया। उसने कॉफी और आमलेट तैयार किए और डाइनिंग टेबल पर बैठ गया। कमरे में दो गिलासों के टुकड़े पड़े थे।

नौकरानी आ गई और उसने घर की सफाई शुरू कर दी।

अरुण ने करवट बदली और धीरे से आंख खोली। मोहन अपने पलंग पर बैठा था। वह मुस्कराया और बोला, "क्या बजा है?"

"नौ बीस।" मोहन ने कहा, "सिर का क्या हाल है?"

"ठीक है। स्काच से हैंग ओवर नहीं होता।"

"मेरा तो बुरा हाल था।"

"एक पैग पी लिया होता।"

"पी लिया है। कॉफी भी पी है और नाश्ता भी कर लिया है। तुम्हारे लिए कॉफी तैयार करूं या पैग पिओगे?"

"नहीं। मैं कॉफी पिऊंगा।" कहकर अरुण बैठ गया।

"मैं लाता हूं।"

"मैं लाता हूं।" अरुण ने कहा।

"तुम बैठो।"

पांच मिनट में मोहन कॉफी ले आया। अरुण ने प्याला थाम लिया।

"यह व्हिस्की रख दूं?" मोहन ने पूछा।

"हां।"

मोहन व्हिस्की उठाकर ले गया। वापस लौटा और आकर पलंग पर बैठ गया।

"रात हम कितने बजे आए थे?" मोहन ने पूछा।

"सवा तीन।"

"और मैं लिबास भी नहीं बदल सका। मेरे जूते और जुराबें तुमनें उतारी थीं?"

"हूं।" कहकर अरुण ने सिगरेट सुलगा लिया।

"डिनर तक तो याद है। फिर क्या हुआ था?"

"फिर हम बानो के यहां गए थे।"

"ओह!"

"और उसके बाद आंटी के घर गए थे।"

"वहां भी गए थे?"

"तुम दोनों ने पूरी बोतल खाली कर दी थी।" अरुण ने मुस्कराकर कहा, "क्या यहां हर आदमी शराब पीने के बाद रोता है?"

"लगभग।"

"और यह स्काच के बाद आंटी ब्रांड की क्या जरूरत थी?"

"यहां सब यही करते हैं। शैम्पेन हो या स्काच, लेकिन अन्तिम पैग नोटांक होगा।"

"कमाल लोग हैं।"

"तुमने पी थी?"

"मैं इसकी बदबू सहन न कर सका। पीने का सवाल ही पैदा नहीं होता था।" अरुण ने कहा, "यह बानो को क्या सूझी थी?"

"याद है। वह दिन, जिस दिन हमने इसकी फिल्म पचास पैसे में देखी थी और तुमने क्या कहा था?"

"वह तो जवानी की बात थी।"

"अब कैसी थी?"

"मेरा विचार है, कई वर्ष से उसे मर्द न मिला था। क्या फिल्मी हीरोइन की उम्र कुछ वर्ष है?"

"पन्द्रह वर्ष में शुरू होती है और पच्चीस वर्ष में समाप्त हो जाती है। बहुत कम हैं जो तीस वर्ष की आयु तक हीरोइन रह सकती हैं।"

"यदि शादी न हो तो इनका बुढ़ापा तो बहुत दर्दभरा है।"

"दर्दभरा?" मोहन ने कहा, "यहां कोई किसीका नहीं। सब चढ़ते सूर्य को पूजते हैं।"

"यह तुम्हारा राव बहुत दिलचस्प आदमी है। लेकिन बहुत कठोर है।"

"यहां भावनाओं की कोई कद्र नहीं। हर व्यक्ति बैंक-बैलेंस के हिसाब से इज्जत रखता है।"

"तो यह आर्ट है!"

"आर्ट?" मोहन ने कहा, "यहां रुपया आर्ट है और रुपये चाला आर्टिस्ट है।"

"मैं बाथरूम हो आऊं?"

"मैं तुम्हारा नाश्ता तैयार कर देता हूं। फिर ड्यूटी पर जाऊंगा और चार बजे लौट आऊंगा। तुम्हारा क्या प्रोग्राम है?" मोहन ने प्रश्न किया।

"कुछ पुराने लोगों से मिलूंगा।"

"आफिशियल।"

"बिल्कुल नहीं। मैं छुट्टी पर हूं और यह मेरे बेकार दिन और बेकार रातें हैं।"

"चाहो तो पीकर सो सकते हो।"

"नहीं।" कहकर अरुण बाथरूम चला गया।

बीस मिनट बाद वह तैयार होकर डाइनिंग टेबल पर गया।

"तुम्हारा नाश्ता तुम्हारी प्रतीक्षा कर रहा है। नौकरानी कमरे साफ करके और कपड़े धोकर चली जाएगी। तुम जाओगे तो दरवाजा बन्द कर देना। ताला आटोमैटिक है। और अब मैं जा रहा हूं। शाम को मिलेंगे।"

"गुडलक!"

"बाई!" कहकर मोहन चला गया। उसके शरीर पर एयर लाइंज की वर्दी और टोपी थी।

नौकरानी साढ़े दस बजे काम करके चली गई।

अरुण तैयार था। उसके जाते ही वह फ्लैट से निकला और दरवाजा बन्द कर दिया। उसने एक बार खोलने की कोशिश की लेकिन दरवाजे को ताला लगा था।

शाम के सवा सात बजे थे। टैक्सी दौड़ रही थी। और अब अरुण ड्राइवर को हिदायत दे रहा था—राइट-लेफ्ट। फिर लेफ्ट।

टैक्सी पोर्च में रुक गई तो ड्राइवर बोला, "सेठ! इतना लेफ्ट-राइट क्यों बोला? पहले ही बोल दिया होता कि कुमार फिल्म स्टार के बंगले जाने का है।"

"तुम्हारी फिल्म लाइन में ए से लेकर जैड तक कुमार हैं। और फिर मैं फिल्में नहीं देखता हूं।" कहकर अरुण नीचे उतर गया। उस ने मीटर देखा, जेब से नोट निकाले और बिल चुका दिया।

उसने फ्लैट की घंटी का बटन दबाया।

दरवाजा भाभी ने खोला।

"नमस्कार।" अरुण ने मुस्कराकर कहा।

"नमस्कार।" भाभी ने मुस्कराहट का उत्तर मुस्कराहट से दिया। "आ जाइए।"

वह दोनों लड़कों से मिला।

"भाभी! अब तो बेटे बड़े हो रहे हैं।"

"आप समझते थे, ये उसी तरह रहेंगे? क्या पिएंगे—'चाय, कॉफी या कोला?"

"कुछ नहीं।" कहकर अरुण बैठ गया।

"मोहन नहीं आया?"

"उनका फोन आया था। वह नौ बजे आएंगे।"

"भाभी, एक बात कहूं?"

"कहिए।"

"आपको देखकर कोई नहीं कह सकता कि आप दो लड़कों की मां हैं।"

"शुक्रिया। वैसे आप शरारतें कब बन्द करेंगे?"

"आज से बन्द"

"रात दोनों भाई क्या करते रहे?"

"कुछ नहीं। व्हिस्की पी।"

"वह तो पी होगी। खाना कहां खाया?"

"रेस्टोरेंट में।"

"क्या कहीं गए थे?"

"कोई मिस्टर राव हैं?"

"ओह, वह! उसने तो इन्हें बिगाड़ रखा है। पत्नी और बच्चे हैं नहीं। और समझता है कि इनके भी नहीं हैं।"

"ऐसी बात तो नहीं।"

"रात कितने बजे लौटे थे?"

"कुछ याद नहीं। लेकिन शायद एक-डेढ़ बजा होगा।"

"आप दोनों भाई मिल जाएं और सच बोलें, सवाल ही पैदा नहीं होता। खैर, एक बात बताइए।"

"पूछिए।" अरुण ने सिगरेट सुलगाया।

"चिट्टा पिया था?"

"वह क्या होता है?"

"किसी आंटी के यहां गए थे?"

"नहीं।"

"झूठ। मैं नहीं मानती। यह स्काच पी लें या शैम्पेन; लेकिन जब तक चिट्टा न पिएंगे, रह नहीं सकते।"

"रात नहीं पिया।"

"आपने नहीं पिया होगा। इन्होंने और राव ने जरूर पिया होगा।"

"बिल्कुल नहीं।"

"आप दोनों झूठे हैं।"

"भाभी! यहां तो दुनिया ही बदल गई है।"

"आप लगभग बीस वर्ष बाद आ रहे हैं।"

"जी हां।"

"बहुत कुछ बदल गया है।"

"लेकिन आप वैसी ही हैं।"

"फिर..."

"सौरी!"

"व्हिस्की दूं?"

"नहीं। मैं एम० एम० की प्रतीक्षा करूंगा।"

"फिर आप बोर होंगे।"

"बोर होने लगूंगा तो आपको और बच्चों को जुहू ले जाऊंगा। सुना है, वहां फाइव स्टार होटल खुल गए हैं।"

"नहीं। हम होटल नहीं जाएंगे और न ही मैं आपको जाने दूंगी।"

"क्यों?"

"मुझे उस दुनिया से घृणा है।"

"क्यों?"

"यह मैं स्वयं नहीं जानती।"

"लेकिन आप तो फिल्म इण्डस्ट्री के बहुत करीब हैं। इस बिल्डिंग का मालिक बहुत बड़ा फिल्म स्टार है। इसके अलावा बाईस वर्ष पहले के दिन याद हैं, जब आप चिंचपोकली में रहती थीं? उस बिल्डिंग में बहुत-से लड़के थे, जो फिल्म इण्डस्ट्री से सम्पर्क रखते थे। एक ओ० पी० था। वह उन दिनों एक फिल्म प्रोड्यूस कर रहा था।"

"हां। क्या आप फिल्म नहीं देखते?"

"पिछले दस-बारह वर्ष से नहीं देखी है।"

"ओह!"

"उन दिनों तो उसकी आर्थिक दशा अधिक अच्छी न थी। उसकी शादी भी नई-नई हुई थी। उसकी पत्नी सुबह जागते ही आपके पास बेड-टी के लिए आ जाती थी। फिर नाश्ते पर हाजिर होती थी। और रात को खाना भी आप ही खिलाती थीं। एक दिन की घटना मुझे आज भी याद है। सुबह आई तो उसके सिर में दर्द था या शायद कमर में। आपने उसे दर्द की गोली और एक कप चाय दिया था। आधे घण्टे बाद वह पास के होमियोपैथिक डाक्टर से दवा लाई। और इसके आधे घण्टे बाद वह वैद्य से आयूर्वेदिक दवा लाई। फिर आधे घण्टे बाद एलोपैथिक दवा लाई। खैर, जवानी में हर लड़की नखरे दिखाती है। लेकिन इसका तो जवाब ही न था। यद्यपि वह एक स्कूल मास्टर की बेटी थी।" अरुण ने कहा।

"अरुण भैया! गैंने तो सुना था कि औरतें अतीत को याद रखती हैं। लेकिन आज अनुभव हो रहा है कि पुरुष भी कम नहीं।" भाभी ने हंसकर कहा, "बाईस वर्ष एक युग होता है।"

"उस समय आप अठारह वर्ष की थीं और आज दो बच्चों की मां हैं, और तीस वर्ष की दिखाई देती हैं।" अरुण ने सिगरेट सुलगाया।

"यह मसका क्यों लगा रहे हैं?"

"मैं और मसका लगाऊं!"

"मेरा विचार है, आप व्हिस्की शुरू कर लें।"

"क्यों?"

"आपने अतीत को छेड़ दिया है। वह आपको परेशान करेगा।"

"आवश्यकता पड़ी तो व्हिस्की का सहारा ले लूंगा।"

"तो आप उसके बारे में जानना चाहते हैं?"

"हां।"

"आज वह करोड़पति है। उसकी हर फिल्म ने जुबली की है। वैसे तो कभी-कभी आ जाता है, जब उसे कस्टम का काम हो। वरना उसकी पत्नी का दिमाग तो आकाश पर है।"

"कितने बच्चे हैं?"

"अपना एक भी नहीं।"

"फिर?"

"एक सम्बन्धी की लड़की गोद ली है। और हमारे एक रिश्तेदार के लड़के से ब्याही गई है। दहेज में पचास बहुमूल्य साड़ियां थीं और पचास जड़ाऊ सैट थे। हीरे के भी थे। हर सैट साडी से मैच करता था। सैंडल भी पचास थे।"

"यह तो कोई अधिक नहीं। पांच-सात या दस लाख के होंगे।"

"पांच लाख तो नकद था। और एक छः कमरों का फ्लैट। इसके अतिरिक्त फर्नीचर और कार से लेकर क्रॉकरी, कटलरी और इलेक्ट्रॉनिक की हर वस्तु विदेशी थी।"

"सुना है, एक प्रोड्यूसर ने अपनी बेटी की शादी पर तीस लाख रुपया खर्च किया था।"

"जी हां। लेकिन पत्नी की आज भी वही हालत है। सुबह ऐलोपैथिक डाक्टर आएगा। दुपहर को होमियोपैथिक और शाम को आयुर्वेदिक।"

"यूनानी हकीम नहीं?"

"नहीं। वह नहीं।"

"और एक लड़का था। बहुत सुन्दर जो किसी डाइरेक्टर का डेढ़ सौ रुपये मासिक पर असिस्टेंट होता था। लेकिन लोकल ट्रेन के टिकट के पैसे नहीं होते थे। उसका पिता पाकिस्तान से आया था और नई दिल्ली रेलवे स्टेशन के बाहर फुटपाथ पर कपड़ा बेचा करता था। उसकी बहन की शादी होनी थी। हम

सबने मिलकर चन्दा किया था, जो साढ़े चार सौ रुपये बना था।"

"सचमुच आप फिल्में नहीं देखते?"

"क्यों?"

"वह असिस्टेंट डाइरेक्टर से हीरो बन गया। करोड़ों रुपये कमाए। और मेरा विचार है, इंडस्ट्री में सबसे अमीर वही है। यद्यपि अब हीरो नहीं रहा, लेकिन किसीको एक पैसा नहीं देता। यदि कोई पुराना परिचित दुर्दशा में हो और उससे सौ रुपया मांगे तो जवाब देता है, 'सौ रुपया! जानते हो, मेरे पास बस के लिए तीन आना किराया नहीं होता था।' " भाभी ने कहा।

"और आपने एक दिन मजाक में उसे कहा था कि असिस्टेंट डाइरेक्टरी छोड़कर अभिनय शुरू कर दे। और इसके अतिरिक्त कहा था कि यदि आपने कभी फिल्म बनाई तो उसे हीरो लेंगी। और उसे तांबे का एक पैसा पेशगी दिया था।" अरुण ने कहा।

"वह तांबे का पैसा उसने आज भी संभालकर रखा है। कहता है, वह पहला पैसा था जो उसने एक्टर के नाते कमाया था। और वह तांबे का पैसा आज करोड़ या शायद दो करोड़ रुपया बन गया।" भाभी ने कहा।

"मेरा विचार है, आपने ठीक कहा था।"

"क्या?"

"कि मैं व्हिस्की पी लूं।"

"मैं देती हूं।" कहकर भाभी खड़ी हो गई।

"नहीं भाभी, मैं आपका सम्मान करता हूं। मैं आपके हाथ से व्हिस्की नहीं पिऊंगा। मैं जानता हूं, व्हिस्की कहां है, सोडा कहां है और गिलास कहां है।" कहकर अरुण खड़ा हो गया।

उसने व्हिस्की का हाफ निकालकर रखा, किचन से सोडा लाया और गिलास।

उसने पैग बनाया और गिलास उठाकर कहा, "बाईस वर्ष पुराने जीवन के नाम।"

भाभी मुस्करा दी।

"वह मिलने आता है?"

"जब उसे भी कस्टम में काम हो।"

"तो मोहन एयर लाइंज का कम और कस्टम का अधिक काम करता है।"

"इसीलिए तो मैंने कहा था कि मैं इन फाइव स्टार होटलों में नहीं जाती। किसी न किसी से भेंट हो जाती है। और वे अपने धन का बेहूदा तरीके से प्रदर्शन करते हैं।" भाभी ने कहा।

"यह इंडस्ट्री ही नुमायश की है।"

"और गरीबी कितनी है! कितने हीरो और हीरोइन हैं जो आज दो समय की रोटी नहीं कमा सकते। और कभी वे जमीन पर पांव नहीं रखते थे।" अरुण को रात याद आ गई। बानो की भी यही हालत थी। और बानो जैसी न मालूम कितनी होंगी।

"क्या सोचने लगे?"

"कुछ नहीं।" अरुण ने चौंककर कहा।

"कुछ याद आ गया?"

"छोड़ो।" अरुण ने दीर्घ निःश्वास लिया।

"आपने शादी क्यों नहीं कराई?"

"यूं ही।"

"क्या वह घाव अभी तक भरा नहीं?"

"भाभी! वह बात न ही करें तो बेहतर होगा।" कहकर अरुण ने गिलास खाली कर दिया। "वैसे बात यह है कि मैं शुरू से आजाद या आवारा था। यूं समझ लीजिए कि कायर था। उत्तरदायित्व से बहुत घबराता था। और अब भी घबराता हूं। पत्नी और फिर बच्चे। यह सब एक जिम्मेदारी है। और मैं या मेरी जिन्दगी तूफानी दरिया है।"

"लेकिन हर तूफान समय के बाद रुक जाता है।"

"शायद!"

"मेरा विचार है, आप अपने-आपसे भाग रहे हैं। और एक दिन थक जाएंगे।"

"कल किसने देखा है!" अरुण की आवाज भारी हो गई। उसने गिलास में व्हिस्की डाली और सोडे के बिना कंठ से नीचे उतार दी।

"यह क्या?"

"कुछ नहीं। कभी-कभी यूं लगता है कि शराब भी तल्ख नहीं रही।"

"और आपको तल्खियां पसन्द हैं?"

"कुछ लोगों के हिस्से में सिर्फ यही आती हैं।"

"शराब कोई इलाज तो नहीं।"

"फरार या फरेब तो है।"

"मैंने कहा था कि आप भाग रहे हैं। आपने सही लफ्ज कहा है।" भाभी ने कहा, "क्या बहुत पीने लगे हैं?"

"नहीं, कभी चार-छ:-छः मास तक हाथ नहीं लगाता।"

"आप मेरी बात कर रहे थे। मैं आपकी बात करना चाहती हूं।"

"जरूर!"

"आपने स्वयं को बहुत संभाल रखा है। आप तीस वर्ष से अधिक के दिखाई नहीं देते।"

"कोई काम जो नहीं करता।" अरुण ने मुस्कराकर कहा।

"कुछ खाने को दूं?"

"क्या होगा?"

"पनीर के पकौड़े, आमलेट या अमरीकन चिकन हैं, जिसके स्लाइस बनाए जा सकते हैं।"

"कितनी देर में तैयार हो जाएंगे?"

"दस मिनट में। क्योंकि हवाई जहाज में मुसाफिरों को दिए जाते हैं।"

"इतनी देर में मैं नहा लूं?"

"गर्म पानी दूं?"

"भाभी मैं बम्बई में नहीं रहता।" अरुण ने हंसकर कहा। "मैं तो दिल्ली में भी दिसम्बर और जनवरी की सर्दी में ठंडे पानी से नहाता हूं।"

"भगवान बुरी नजर से बचाए। अब इनकी ओर देखिए। बल्कि कहूंगी कि इन्हें समझाइए। यह किसीकी नहीं मानते। केवल आपकी मानते हैं।"

"यह क्या मसका लगाया जा रहा है।"

"नहीं, यह सच है।"

“खैर, कैसे?”

“इनसे कहिए कि यह चिट्टा पीना बन्द कर दें।”

“मैं...”

“टोकिए नहीं। मैं गंभीर हूं। आप दोनों सम-वयस्क हैं। लेकिन शायद आपने ध्यान नहीं दिया, इनके हाथ कांपते हैं। घर में इतनी स्काच है, फिर चिट्टे की क्या जरूरत है? जो लोग इसे पीते हैं, उनकी नजर कमजोर हो रही है। पेट में फोड़ा यानी अल्सरे पैदा हो जाता है।” भाभी सचमुच गंभीर थी, और वह रो देना चाहती थी।

“भाभी, आप चिंता न करें। मैं समझ गया हूं।”

“अरुण भैया, वह चिट्टा शराब नहीं, विष है।”

“हूं।”

“तो आप इन्हें रोक देंगे?”

“आज से मोहन वह चिट्टा नहीं पिएगा।”

“आप वायदा करते हैं?”

“आप चिंता न करें।”

“मैं जानती थी। वह और आप मित्र नहीं, बल्कि भाइयों से अधिक एक-दूसरे को प्यार करते हैं और दुनिया में केवल एक आप हैं, जिसके आगे वह बोल नहीं सकते। मैं मानती हूं कि हमने जवानी में कुछ वर्ष गरीबी में काटे हैं। रिश्तेदारों ने इनका मजाक उड़ाया था। लेकिन अब किस बात की कमी है?

भगवान ने दो बेटे दिए हैं। अच्छी नौकरी है। अच्छी आय है। और अब तो दो फ्लैट भी बन रहे हैं। फिर यह इस विष को क्यों पीते हैं? मैं चुगली नहीं खा रही हूं। लेकिन इस उम्र में हाथ कांपने लगें तो पचास वर्ष की आयु के बाद क्या होगा?”

“भाभी, बस! जो आपने कहा है, वह हो जाएगा।”

“शुक्रिया।” भाभी की आंखों में आंसू आ गए।

“एक बार फिर कहिए और मैं सामान उठाकर होटल में चला जाऊंगा।” अरुण ने मुस्कराकर कहा।

भाभी मुस्करा दी।

"अच्छा, मैं स्नान कर लूं।" कहकर अरुण अपने बेडरूम की ओर बढ़ गया।

दो पैग ने हल्का-सा सरूर पैदा कर दिया था। शावर बाथ ने शरीर को हल्का कर दिया। स्नान से निवृत्त होकर उसने सिल्क का कुर्ता और लुंगी पहनी और हॉल में आ गया।

डाइनिंग टेबल पर प्लेट में चिकन स्लाइस पड़े थे। उसने प्लेट उठाकर सेण्टर टेबल पर रखी और खाली गिलास में व्हिस्की डाली।

"स्नान से आप स्वस्थ और खिले हुए लगते हैं।" भाभी ने मुस्कराकर कहा।

"मोहन अभी तक नहीं आया!"

"बस, आने वाले होंगे। डिनर कब खाना है?"

"मोहन आ जाए, फिर प्रोग्राम बनाएंगे। आप बच्चों को समय पर डिनर दे दें।"

"आपको पामफरेट मछली पसन्द है। मैंने वही मंगाई है।"

"आपको अभी तक याद है?"

इतने में घण्टी की आवाज आई।

"मेरा विचार है, वह आ गए हैं।" कहकर भाभी उठी और जाकर दरवाजा खोला।

मोहन भीतर आ गया।

"क्या बात है? मेरी प्रतीक्षा न कर सकते थे?" मोहन ने मुस्कराकर कहा।

"मैं तो करना चाहता था, लेकिन कुछ पुरानी बातें छिड़ गईं और मुझे सहारा लेना पड़ा।" अरुण ने मुस्कराकर कहा।

"कीर्ति, मुझे भी गिलास दो।" कहकर मोहन बैठ गया।

"आप यह वर्दी उतारकर मुंह-हाथ तो धो लें।" भाभी ने कहा।

"नहीं, यह अकेला सारी पी जाएगा।"

कीर्ति मुस्करा दी और गिलास ले आई, "दिन में क्या करते रहे?" मोहन ने कहा।

"यूं ही घूमता रहा। कुछ लोगों से भी मिला।"

मोहन ने डबल पैग डाला।

"डबल से शुरू हुए तो खत्म कहां होगी?" भाभी बोली।

"कीर्ति, प्लीज!" मोहन ने कहा। वह सोडा डाल रहा था।

"चिअर्ज।" उसने गिलास उठाकर कहा।

"कौन-सा पैग है?" मोहन ने पूछा।

"तीसरा।"

"मैं अभी बराबर करता हूं।" कहकर मोहन ने गिलास होंठों को लगाया और खाली कर दिया। "हां, अब बात बनी। अब मैं वर्दी उतारता हूं और मुंह-हाथ धोता हूं। लेकिन तुम चौथा पग न शुरू करना।"

"मैं प्रतीक्षा करूंगा।" अरुण ने सिगरेट सुलगाते हुए कहा।

अरुण और कीर्ति बातें करने लगे।

"डिनर ग्यारह बजे खा लीजिएगा।" कीर्ति ने कहा।

"मैं कुछ नहीं कह सकता। मैं छुट्टी पर हूं। रात दो बजे सो सकता हूं और सुबह ग्यारह बजे जाग सकता हूं। यह मेरे बेकार दिन और बेकार रातें हैं।"

"वह मैं जानती हूं। लेकिन आज रात आप बाहर नहीं जाएंगे।" भाभी ने कहा।

"बेहतर!"

मोहन आ गया।

"कब आए थे?" उसने पूछा और अपना गिलास बनाने लगा।

"यह साढ़े सात बजे आए थे।" कीर्ति बोली।

"क्या बातें करते रहे?"

"कुछ पुराने परिचितों की। जो कभी भूखे मरते थे और आज करोड़पति हैं।" कीर्ति बोली।

"इसके साथ?" मोहन ने चौंककर पूछा।

"क्यों, क्या हुआ?" कीर्ति ने भोलेपन से पूछा।

"जानती हो, यह क्या है? और यह भी जानती हो कि इसे फिल्म इण्डस्ट्री के लोगों से घृणा है। और क्यों है, वह तुम जानती ही हो।"

"एम० एम०!" अरुण ने धीरे से कहा।

"तो तुम्हारे ये विचार हैं। और ये औरतें..." मोहन ने एक घूंट कंठ से नीचे उतारा, "ये औरतें यदि कम बोलें तो कुछ लोग आराम से सो सकते हैं।"

"एम० एम०, भाभी ने जो कुछ बताया, वह कोई नई बात न थी। वैसे मुझे दो लाख छयासठ हजार सात सौ तीस रुपये और दो हजार तीन सौ बाईस ग्राम सोने और अस्सी सोने के पाउंड में कोई दिलचस्पी नहीं।" अरुण ने मुस्कराकर कहा।

"सुन लिया।" मोहन ने कीर्ति को सम्बोधित किया।

"मैं तो कुछ भी नहीं समझ सकी।" कीर्ति ने कहा।

"अब तुम समझा दो इसे।" मोहन ने कहा।

"यह पहेली क्या है?" कीर्ति समझ न सकी।

"कुछ नहीं भाभी! मैं मोहन को चिढ़ा रहा हूं। और आप देख रही हैं कि यह चिढ़ गया है।" अरुण ने मुस्कराकर कहा।

"मैं आप दोनों भाइयों को न आज तक समझ सकी हूं और न कभी समझ सकूंगी।" कीर्ति ने हथियार डाल दिए।

"अब समझाता क्यों नहीं?" मोहन ने ऊंचे स्वर में कहा।

"अपने तो ढंग हैं यही। आग लगाके छोड़ दो।" अरुण ने मुस्कराकर कहा।

"यह आप किस बात पर उलझ रहे हैं?" कीर्ति ने कहा।

"तुमने अभी सूना नहीं?" मोहन ने धीरे से कहा, "दो लाख छयासठ हजार सात सौ तीस रुपये और दो हजार तीन सौ बाईस ग्राम सोने और अस्सी सोने के पाउंड।" मोहन ने कहा।

"सुना है।" कीर्ति ने कहा।

"यह मेरा नम्बर एक और दो का रुपया है। इतना सोना हमारे पास है।" मोहन ने कहा।

"इन्हें कैसे मालूम है? यह तो आपने कभी मुझे भी नहीं बताया!" कीर्ति ने कहा।

"और इसे मालूम है।"

"कैसे?"

"इसे इसी बात की तनखाह मिलती है।" मोहन ने कहा।

"क्या यह सी० आई० डी० में हैं?" कीर्ति ने पूछा।

"सी० आई० डी० के बाप के विभाग में। वह फिल्म स्टार..."

"एम० एम०!" अरुण बोल पड़ा, "अरुण प्लास्टिक इण्डस्ट्रीज कहां है?"

"सॉरी।" मोहन ने कहा।

"व्हिस्की पियो। शाम मत खराब करो।"

"यस डियर।" कहकर मोहन ने गिलास उठा लिया।

थोड़ी-सी तल्खी पैदा हो गई थी। वातावरण जरा गंभीर हो गया था। अरुण और मोहन व्हिस्की पी रहे थे।

"आप दोनों चुप क्यों हो गए?" कीर्ति ने पूछा।

"जवानी में बहत बोला करते थे।" अरुण ने मुस्कराकर कहा, "भाभी, मेरा विचार है, आप बच्चों को खाना दे दें। हमारा कोई भरोसा नहीं। हम वर्षों के बाद मिले हैं। और मैं बीस वर्ष के बाद बम्बई आया हूं। न मालूम कितनी बातें हैं जो करनी है।" अरुण ने कहा।

"लेकिन आप घर से बाहर नहीं जाएंगे।" कीर्ति ने कहा।

"बिल्कुल।" अरुण बोला।

"क्यों नहीं जाएंगे?" मोहन चिल्ला पड़ा।

"धीरे बोलो। पड़ोसी सुनेंगे तो क्या कहेंगे?" अरुण ने गिलास उठाकर कहा।

"जानते हो, बाईस वर्ष पहले क्या करते थे?" मोहन बोला।

"वह बाद में सुनूंगा। भाभी, आप बच्चों को खाना दे दें। इन्हें सोना होगा।"

"आप ठीक कहते हैं।" कहकर कीर्ति खड़ी हो गई और रसोईघर में चली गई।

बच्चे अपने कमरे से झांक रहे थे।

"हां, तो क्या कह रहे थे कि हम बाईस वर्ष पहले क्या करते थे?" अरुण ने कहा।

"मैं नहीं बोलता।"

"तो रोना शुरू कर दो।"

मोहन मुस्करा दिया, "अभी वह समय नहीं आया।"

"छः पैग के बाद आता है?"

"हां।"

"तो बाईस वर्ष पहले..."

"हां, "बाईस वर्ष पहले" मोहन ने गिलास उठाकर खाली कर दिया, "हम जवान थे।"

"और किसने कहा है कि अब बूढ़े हो गए हैं?"

"तुम अपनी बात छोड़ो। तुम कभी बूढ़े नहीं हो सकते।" मोहन बोला।

"और तुम?"

"मेरी बात छोड़ो।"

"दिल्ली में बड़े बड़े यूनानी हकीम हैं। कहो तो कोई कुश्ता भिजवा दूं?"

"बोर मत करो।" मोहन गिलास बना रहा था।

"कौन कर रहा है?"

"तुम।"

"सुना है, फिल्म इण्डस्ट्री में प्ले बैक सिंगर लड़कियां यानी महिलाएं भी हैं?"

"चलोगे?" मोहन का चेहरा चमक उठा।

"आज नहीं।"

"आज क्या है?"

"यूं ही।"

"कीर्ति ने कुछ कहा?"

"नहीं..."

"कहा भी होगा तो कौन परवाह करता है।" कहकर मोहन ने गिलास मुंह से लगाया। "तुम हो तो कोई पाबन्दी नहीं। जानते हो, तुम्हारे जाने के बाद मैंने किसीको मित्र नहीं बनाया।"

"मित्र जीवन में एक ही होता है। और बाकी लोगों से आम सम्पर्क होते हैं—कुछ से गहरे और कुछ से ऊपरी।"

"ठीक कहते हो।" मोहन ने चौथा पैग समाप्त किया। "तुम मिल जाते

हो तो जीवन में बहार आ जाती है।"

"किसी फिल्म का संवाद है?"

"शायद।"

"तो पुरानी फिल्म का होगा—जब फिल्म की कहानी होती थी, संवाद होते थे, संगीत होता था, हीरो और हीरोइन अभिनय करते थे।"

"और अब?"

"अब..." अरुण ने सिगरेट सुलगाया, "बीस मिनट ढिशुम। बीस मिनट कार, जीप या हैलीकोप्टर की दौड़। बीस मिनट घास पर करवटें लेकर गीत गाना—अगर इन्हें गीत कहते हो, और पन्द्रह मिनट हीरोइन अपने नंगे शरीर का प्रदर्शन करती है, जिसे वह अभिनय कहती है।"

"और तुम कहते हो कि फिल्में नहीं देखते हो?"

"एक देखी थी। और इसके बाद देखना बन्द कर दिया।"

बच्चों ने खाना खत्म कर दिया था।

"गुडनाइट डैडी!"

"गुडनाइट...!"

"गुडनाइट अंकल!"

"गुडनाइट चिल्ड्रन।"

बच्चे चले गए।

कीर्ति आकर बैठ गई।

"भाभी! आपने एक बात बहुत अच्छी की है।"

"क्या?"

"आपने एयर कंडीशंड नहीं लगवाया। मुझे इससे सख्त नफरत है।"

"वह बाईस वर्ष पहले की क्या बात थी?" कीर्ति ने पति से पूछा।

"वह?" कहकर मोहन ने आधा गिलास खाली कर दिया। "हम शाम को छ: बजे दफ्तर बन्द करके फ्लोरा फाउंटेन बस स्टैंड पर आ जाते थे। शाम के समय तमाम फोर्ट खाली होना होता था। और आज भी ऐसा ही है। हम पांच मिनट दो सौ गज लम्बी लाइन में खड़े होते और यह कहता कि आओ, बोरी बन्दर से बस पकड़ लेंगे।"

"और हम बोरीबन्दर तक पैदल आते।" अरुण ने बात काटी।

"बोरीबन्दर पहुंचते तो वहां भी रश होता। इस बार मैं कहता कि क्राफर्ड मार्केट से बस पकड़ लेंगे। और हम बातें करते हुए क्राफर्ड मार्केट के स्टैंड पर आते।"

"वहां भी रश होता।" अरुण ने मुस्कराकर कहा, "और मैं कहता, भिंडी बाजार स्टाप से बस पकड़ लेंगे। और बातें करते हुए भिंडी बाजार के बसस्टाप पर पहुंच जाते।"

"वहां रश होता तो मैं कहता, जे० जे० नाका से बस ले लेंगे। और बातें जारी रहतीं।"

"जे० जे० नाका पर कहते, बायखला से बस जरूर मिल जाएगी।"

"बातें! बातें! न मालूम कितनी बातें होती थीं जो खत्म होने में न आती थीं। और हम बायखला पहुंच जाते।"

"वहां भी रश होता।"

"और हम बातें करते हुए लालबाग पहुंच जाते।"

"बाप रे!" कीर्ति ने कहा।

"सुनती जाओ। लालबाग से बातें शुरू होती तो परेला आ जाते।"

"परेला से दादर दूर ही कितनी है!" अरुण ने मुस्कराकर कहा, "और दादर पहुंच जाते तो हिन्दू कालोनी में मेरा कमरा था।"

"यानी फ्लोरा फाउंटेन से हिन्दू कालोनी तक पैदल कितना हआ?"

"यही बारह-तेरह मील।"

"शायद चौदह गील।"

"यानी बीस-बाईस किलो मीटर!" कीर्ति ने हैरान होकर कहा।

"बात यह है भाभी, इतना चलने के बाद नींद आती थी। वरना खटमल बहुत तंग करते थे और सोने नहीं देते थे।"

"यदि बस नहीं मिलती थी तो ट्राम क्यों नहीं ले लेते थे? फिर वी० टी० से तो लोकल ट्रेन दादर के लिए मिल जाती है।" कीर्ति ने कहा।

"भाभी, यह तरकीब की बात है।" अरुण ने कहा।

"तरकीब!" मोहन गुर्राया, "हो जाए।"

"जरूर!" अरुण ने मुस्कराकर कहा और गिलास खाली कर दिया। एक बार किसीने किसीसे पूछा कि बगुला कैसे पकड़ते हैं?

दूसरे ने पहले को कहा, 'यह भी मुश्किल है! बगुला दरिया के किनारे एक टांग पर खड़ा होता है और आंखें बन्द कर लेता है। थोड़ा-सा मोम लेकर धीरे-धीरे जाओ और बगुले के सिर पर रख दो। धूप से जब मोम पिघलेगा तो वह बगुले की आंखों में चला जाएगा। और फिर उसे पकड़ लो।'

एक ने कहा, "कमाल है! जब मोम रखने जाओ तो उसी समय क्यों न पकड़ लो?"

दूसरे ने कहा, 'फिर तरकीब क्या हुई?' "

पति-पत्नी खिलखिलाकर हंसने लगे। कीर्ति ने बड़ी मुश्किल से हंसी पर काबू पाया।

"भैया! आपकी जिन्दादिली आज भी कायम है।"

"इसीके सहारे तो जिन्दा हूं..." अरुण ने मुस्कराकर कहा।

"खैर! यह बाईस वर्ष पुरानी बात भी सुन ली और तरकीब भी सुन ली। अब यह बताओ कि सुनाई क्यों गई है?" कीर्ति ने पति को देखा।

"मेरा विचार है, आज जरा पैदल चला जाए।" मोहन ने कहा।

"आपका विचार है, मैं आपको समझती नहीं हूं? आप एक बोतल व्हिस्की पीने के बाद सान्ताक्रुज से फ्लोरा फाउंटेन पैदल जाना चाहते हैं?"

"क्या हरज है!" मोहन ने कहा, "जरा बीते दिन और जवानी लौट आएगी।"

"इतने किलोमीटर चलने की क्या जरूरत है, इरला यहां से एक किलोमीटर है। और इस किलोमीटर के रास्ते में दर्जन चिट्टे के अड्डे हैं।" कीर्ति ने मुंह फुलाकर कहा।

"वह बन्द।" अरुण ने कहा।

"वह तो रात भी नहीं पिया।" मोहन फौरन बोल पड़ा।

"अब मैं घर में नहीं थी। इसलिए मान लेती हूं। लेकिन आप कहीं नहीं जा रहे। मैंने खास तौर पर पामफरेट मछली मंगाई है। आप यहां बैठेंगे। पिएंगे और खाना खाएंगे। और इसके बाद भी बातें करना है तो दोनों में से

कोई एक बेडरूम ले लीजिए। मैं दूसरे में सो जाऊंगी।"

"अब अरुण बीस वर्ष बाद आया है। और बीस वर्ष में बम्बई बहुत बदल गई है। मैं इसे सैर कराना चाहता हूं।"

"इसके लिए मैंने एक रात दे दी थी। जाना है तो कल जाइए। आज घर का खाना खाना पड़ेगा।"

"भाभी ठीक कहती हैं।" अरुण बोला।

"चुप बे! हिज मास्टर्स वायस।"

"अंग्रेजी तो ठीक बोल। हर मास्टर्स वायस कह।"

"ठीक है। ठीक है।" कहकर मोहन उठा और तीसरा हाफ उठा लाया।

"इसकी क्या जरूरत थी! फिर भाभी की आंखें देखो। नींद से भरी हुई हैं।"

"आप मेरी चिंता न करें। आप दस हाफ खाली कर दें, लेकिन आप मेरे सामने पिएंगे और यहां बैठकर पिएंगे।" कीर्ति ने आदेश दिया।

दोनों ने एक-दूसरे को अर्थपूर्ण दृष्टि से देखा और मुस्करा दिए।

मोहन ने हाफ खोलकर दोनों गिलासों में व्हिस्की डाली।

"भाभी, उन दिनों फ्लोरा फाउंटेन से दादर तक या हम जहां कहीं भी जाते तो मोहन चने वाले को देखकर रुक जाता। यह चने बहुत खाता था। क्या अब भी वैसा ही करता है?"

"बिल्कुल...।"

"कुछ आदतें इन्सान छोड़ नहीं सकता।" मोहन ने कहा।

"इसने मुझे भी चने खाने की आदत डाल दी थी और हां भाभी, वह मूंगफली जो भीगी हुई होती है, उसे बम्बई की भाषा में क्या कहते हैं?"

"सींग।"

"याद आया। वह भी बहुत खाता था।"

"ईरानी की चाय भी बहुत पीते थे।" मोहन ने कहा।

"चालू...।"

"मैं बाथरूम हो आऊं।" कहकर मोहन खड़ा हो गया। वह बाथरूम की ओर बढ़ा। उसके पांव डगमगा रहे थे। वह बाथरूम में चला गया तो कीर्ति बोली, "भैया, आपने देखा था?"

"क्या?"

"इन्होंने जब पहला पैग उठाया था तो हाथ कांप रहा था।"

"हूं...।"

"इसीलिए मुझे इस चिट्ठे से घृणा है।"

"आप चिन्ता न करें।"

"कैसे न करूं? यदि इन्होंने बन्द न किया तो पांच वर्ष के बाद सारा शरीर पत्ते की भांति कांपने लगेगा।"

"मैं आपकी चिंता को समझता हूं। अब आपने कह दिया है और मैंने बायदा कर दिया है।"

"भगवान के लिए..." भाभी रो देना चाहती थी।

"भाभी! धीरज रखो।"

मोहन लौट आया था। बैठकर उसने गिलास उठाया।

"अरुण!"

"हूं...?"

"यह स्काच व्हिस्की है ना?"

"असली।"

"याद है, जब एक आने का चाय का प्याला नहीं मिलता था! जब रिश्तेदार कहते थे कि मदनमोहन जिन्दगी में कुछ नहीं बन सकता। यह कोई काम नहीं कर सकता। खाना खिलाते थे तो ऐसे, जैसे कुत्ते को डाल रहे हों।" कहकर मोहन रोने लगा।

"अब रोने से क्या मिलेगा?' कीर्ति बोली।

"भाभी! आप चुप रहें। इसे दिल की भड़ास निकालने दो।" अरुण अपनी जगह से हिला तक नहीं।

पांच मिनट मोहन रोता रहा। फिर उसने आंखें साफ की जो रोने से लाल हो गई थी।

"भैया! आप भी रोते हैं?"

"मैं रोता नहीं भाभी, रुलाता हूं। जिस करोडपति का नाम लो, उसे रुला सकता हूं। मुझे अतीत ने यही सिखाया है। वैसे मैं कायर हूं।" अरुण ने

मुस्कराकर कहा।

"वह तो मैंने मजाक में कहा था।" मोहन बोला।

"मैं भी मजाक कर रहा हूं।" अरुण ने कहा।

"मैं तुम दोनों को नहीं समझ सकती।"

"मेरा विचार है, खाना खा लें। भाभी को सोना होगा।"

"अभी वजा ही क्या है?" मोहन ने कहा।

"केवल साढ़े ग्यारह।" अरुण बोला।

"आप चिन्ता न करें। बच्चे दिन में स्कूल जाते हैं तो मैं सो लेती हूं।"

फिर हांगकांग चलें?" मोहन ने पूछा।

"तुम्हें छः पैग के बाद हांगकांग क्यों याद आ जाता है?" अरुण ने कहा।

"अरे वहां चीनी लड़कियां। क्या शरीर हैं!"

"हो गया नशा।" कीर्ति ने कहा।

"नशे की क्या बात है! तुम कितनी बार गई हो?"

"साय में दो बोतल चिट्टे की भी लेते जाइएगा।" कीर्ति ने मुस्कराकर कहा।

"वह किसलिए?" अरुण ने सवाल किया।

"फैमिली प्लानिंग के लिए बेहतरीन दवा है।" कीर्ति बोली।

"ओह!" अरुण ने गहरा श्वास लिया। आंखें झुका लीं और सिगरेट से खेलने लगा।

मोहन ने भी सिर झुका लिया था।

"मेरा विचार है, भाभी, आप खाना लगा दें।"

"मछली तैयार है। केवल गर्म करती है। और रोटियां बनानी हैं।" कीर्ति बोली।

जब तक खाना मेज पर लगाया गया, उन्होंने एक-एक पैग और खत्म कर दिया।

"आ जाइए।" कीर्ति ने कहा।

"चलो।" कहकर अरुण खड़ा हो गया।

"गिलास भर लें। खाने के बीच पिएगे।" कहकर मोहन गिलास भरने लगा।

वे डाइनिंग टेबल पर बैठ गए। मछली की महक सारे कमरे में फैल गई थी।

"आप शुरू करें।" कीर्ति ने रोटियां रखते हुए कहा।

"नहीं। आप रोटियां बना लें। आज मिलकर खाएंगे। मैं अनुभव करना चाहता हूं कि घर की रोटी क्या होती है और घर क्या होता है।" अरुण ने कहा।

"फिर दस मिनट प्रतीक्षा करनी पड़ेगी।"

"प्रतीक्षा हम सुबह तक कर सकते हैं।" मोहन गुर्राया।

कीर्ति चली गई।

"अरुण!"

"हूं?"

"यार, तुमने अच्छा किया जो शादी नहीं की।"

"तुम भाभी की शिकायत कर रहे हो और मैं सुनने के मूड में नहीं हूं।"

"साला कोई नहीं समझता।" मोहन ने नशे में कहा।

"अब गालियों पर उतर आए हो! और तुम जानते हो कि मुझसे अधिक गंदी गालियां कोई नहीं दे सकता।"

"यह भी ठीक है।"

कीर्ति ने रोटियों का अम्बार रख दिया।

"भाभी! ये तो बहुत हैं।"

"अब शुरू कर दीजिए। अधिक नहीं हैं।"

खाना शुरू हो गया।

मोहन फिर अतीत में लौट गया। भूख, गरीबी, तंगी। रिश्तेदारों की कटाक्ष-भरी बातें सुनाता रहा। लेकिन अब वह रोया नहीं था।

खाना समाप्त हुआ तो कीर्ति ने कहा, "कॉफी चलेगी?"

"मैं नहीं पीता।" अरुण बोला।

"मैं भी नशा खराब नहीं करना चाहता।" मोहन ने कहा और खड़ा हो गया। "कीर्ति, हम जा रहे हैं।"

"कहां जा रहे हैं?"

"पान।"

"वह मैं ला दूंगी। आज आप इस घर से बाहर कदम नहीं रखेंगे। मैं देखती हूं कि चिट्टे के बिना नींद कैसे नहीं आती!" कीर्ति ने मुंह बिगाड़कर कहा।

"वह नहीं पिऊंगा।"

"आप फिर भी बाहर नहीं जाएंगे।"

"मोहन, मैं लाता हूं।" अरुण ने कहा।

"हां, आप ले आइए।"

"मैं भी चलता हूं।"

"बिलकुल नहीं...।"

अब मोहन बेबस हो गया। उसका विचार था कि अरुण उसकी मदद करेगा। लेकिन अरुण ने ऐसा नहीं किया।

अरुण पान लेने चला गया।

"यह तुमने क्या किया?" मोहन ने कहा।

"क्या हुआ?"

"अरुण क्या सोचेगा?"

"उनकी चिन्ता न करें।"

"यही तो मुसीबत है। वह भी तुम्हारे साथ है। तुम समझती हो, तुम मेरा दोस्त छीन सकती हो?"

कीर्ति ने उत्तर न दिया। वह प्लेट उठाकर रसोईघर में चली गई।

मोहन अब किसपर गुस्सा उतारता! केवल एक ही हथियार था। व्हिस्की उसने गुस्से में गिलास में डबल पैग डाला।

कीर्ति आई। उसने कनखियों से देखा। मन्द-मन्द मुस्कराई और बाक़ी प्लेटें और कटलरी उठाकर चली गई।

अरुण पान ले आया।

"यह लो।"

"फेंक दो।"

"क्यों?"

"तुम्हें क्या मालूम, मैं कैसा पान खाता हूं!"

"मैंने पान वाले से कह दिया था कि तुम्हारे लिए पान बना दे। उसने मुझे पहचान लिया था।"

मोहन ने एक पान खोलकर देखा।

"पान तो ठीक है।"

कीर्ति रसोईघर की बत्ती बुझाकर आ गई।

"आप यहां बैठेंगे या बेडरूम में?" उसने पूछा।

"तुम अपने बेडरूम में आओ।"

"अरुण भैया, मुझे आपपर पूरा भरोसा है।"

"भाभी! आप चिन्ता न करें। आप आराम की नींद सो जाइए। हम घर से बाहर नहीं जाएंगे।"

"बेहतर।" कहकर कीर्ति अपने बेडरूम में चली गई।

"अपना गिलास उठाओ। हम तुम्हारे बेडरूम में बैठेंगे। दरवाजा बन्द करके।" कहकर मोहन ने अपना गिलास और हाफ उठा लिया।

"तुम जानते हो, मैं खाने के बाद नहीं पीता हूं..."

"बको मत।"

"बस बॉस!" अरुण ने मुस्कराकर कहा और गिलास उठा लिया।

वे बेडरूम में चले गए। मोहन ने बेडरूम का दरवाजा बन्द कर दिया।

"शाम का बेड़ा गर्क हो गया।" कहकर मोहन पलंग के पास कुर्सी पर बैठ गया।

"व्हिस्की पियो। तबीयत संभल जाएगी।" अरुण ने मुस्कराकर कहा और पलंग पर बैठ गया।

पांच

"हां; अब सुनाओ।" मोहन ने कहा।

अब बाहर तो जा नहीं सकते। अब तो इससे ही गुजारा करना पड़ेगा।"

"मोहन!

"हूं?"

"यह नोटांक बन्द कर दो।"

"क्यों?"

"बस। कह जो दिया।"

"यह क्यों नहीं कहते कि जिन्दा रहना बन्द कर दूं?"

"यह कच्ची शराब जिन्दगी है?"

"तुमने चखी ही नहीं। तुम क्या जानो!"

"भगवान वह दिन भी न लाए कि मैं इसे चखूं।"

"तुम बहुत बेरहम हो। क्या जानते नहीं हो कि इस संसार ने किस तरह मेरा दिल तोड़ा है? कैसे-कैसे घाव लगाए हैं? किस तरह अपमानित किया है? क्या वह सब कुछ भूला जा सकता है?"

"क्या दुनिया में केवल तुम ही हो जिसके साथ ऐसा हुआ है?" अरुण ने सिगरेट का गहरा कश लिया।

"नहीं। तुम भी हो।"

"खैर, मेरी बात छोड़ो। रात तुम कह रहे थे कि मैं कायर हूं। मैं इस शहर को छोड़कर भाग गया था। लेकिन तुम जानते हो कि कुछ वर्ष हुए, मैं इस शहर में केवल तीन दिन के लिए आया था। और इन तीन दिनों में मैंने एक ऐसा काम किया कि तुम्हारी सारी फिल्म इंडस्ट्री की नींदें हराम कर दी। अन्तर केवल यह है कि मैं तुम्हारे लिए अरुण हूं और दुनिया के लिए मेरा दूसरा नाम है।"

"तुम कहना क्या चाहते हो?"

"यही कि सयाने कहते हैं कि किसी लकीर को बिना काटे, बिना मिटाए छोटा करने का केवल एक तरीका है। और..."

"उसके सामने बड़ी लकीर खड़ी कर दो।" मोहन ने बात पूरी की।

"बिलकुल ठीक है।"

"फिर?"

"और तुम बड़ी लकीर कच्ची शराब पीकर नहीं खड़ी कर सकते। वह लकीर तुम्हें बड़ा न बनाएगी, बल्कि छोटा बनाएगी। तुम अब दो फ्लैट बना रहे हो। बैंक में रुपया है। अच्छी नौकरी है। अच्छी पत्नी है, जो आज के जमाने में एक स्वप्न बनकर रह गया है। बहुत कम लोग भाग्यशाली हैं, जिन्हें अच्छी पत्नी मिली हो। फिर दो बेटे हैं। कम्पनी की कार है। तुम चाहो तो अपनी खरीद सकते हो। शायद इन्कम टैक्स से डरते हो। खैर, मेरे कहने का मतलब है कि यह सब कुछ एक बड़ी लकीर है और अतीत की वे तमाम बातें छोटी लकीर

हैं। इसके सामने छोटी हो जाएंगी।" अरुण ने कहा।

"तुमने छोटी कर दी।"

"अभी संदेह है।"

"तो वह जो कुछ तुमने किया, व्यक्तिगत रोष था और तुमने इंडस्ट्री की काफी अमीर फिल्म स्टार को निशाना बनाया। क्रोध किसी पर था और उतारा किसीपर। तुम किसी फिल्म एक्टर या निर्माता को भी पकड़ सकते थे लेकिन तुमने जानबूझकर औरत पर हाथ डाला।"

"तुम इससे अधिक तेज नश्तर प्रयोग कर सकते हो। मैं तब भी चूं न करूंगा।"

"क्या मैं झूठ कह रहा हूं?"

"वजह?"

"तुमने इस इंडस्ट्री से क्या मांगा था—यही ना कि तुम गीत लिखना चाहते थे और इंडस्ट्री ने तुम्हें ठुकरा दिया था। तुमने गुस्से में शहर छोड़ दिया, प्रतिशोध की आग में जलते रहे और एक दिन इस इंडस्ट्री से बदला ले लिया।"

"यदि तुम ऐसा समझते हो तो मैं बहस नहीं करता।"

"क्या तुम ऐसा नहीं कर सकते?"

"क्या?"

"कि इन लोगों से बदला लो जिन्होंने तुम्हें अपमानित किया था? इस कच्ची शराब से तो तुम स्वयं से बदला ले रहे हो?" "इसे पीने के बाद होश नहीं रहता।" "रात तुमने सड़क पर गिरने वाले शराबी को क्या नाम दिया था?"

"बेवड़ा।"

"हां, बेवड़ा। तो तुम बेवड़ा बनना चाहते हो?"

मोहन चुप रहा।

"मैं इसे बदला नहीं कहता जो कुछ मैंने किया था। लेकिन तुम यह शब्द प्रयोग करने पर तुले हो। यदि हो सके तो इसी तरह बदला लो। यदि मैं तुम्हारा बैंक-बैलेंस जानता हूं तो तुम्हारे बारे में और बहुत कुछ भी जानता हूं।'

"क्या?" मोहन ने चौंककर सिर उठाया।

"यह नोटांक पीने के बाद तुम एक तीसरे दरजे के होटल में गए थे और

वहां तीसरे दरजे की वेश्या की खातिर दो टके के मवालियों से झगड़ा किया। और हारने के बाद तुम मदद लेने के लिए उस व्यक्ति के पास गए जो आज से बीस वर्ष पहले सिनेमा की टिकट की ब्लैक करता था और आज थ्री स्टार होटल का मालिक है।"

"तो तुम जानते हो?"

"तुम तो मेरे दोस्त हो। मैं तो इस देश के हर करोड़पति के बारे में जानता हूं। काश, तुमने मुझे फोन कर दिया होता! मैं पहले हवाई जहाज से आता। खैर, वह पुरानी बात है। मैं कल शाम उस होटल में जाना चाहता हूं और उन मवालियों से मिलना चाहता हूं।"

"नहीं।"

"कैसे नहीं? मैं लोगर लेकर नहीं जाऊंगा। मैं अपना आईकार्ड भी नहीं लेकर जाऊंगा। मैं कोई भी हथियार नहीं लेकर जाऊंगा।"

"मैं अनुमति नहीं दूंगा।"

"क्यों?"

"वह मेरी गलती थी।"

"नहीं। वह नोटांक थी।"

मोहन चुप हो गया।

"मैं भी एक लड़की से मिलना चाहता हूं।"

"कोई खास है?"

"मैं उसे जानता नहीं। उसका नाम भी नहीं जानता।"

"फिर कैसे मिलोगे?"

"यह समस्या तुम हल कर सकते हो।"

"मैं हाजिर हूं।"

"तो ठहरो।" कहकर अरुण उठा और उसने जाकर फाइबर खोला। उसमें से एक कागज निकाला और लाकर मोहन को दे दिया।

मोहन ने उसे देखा। वह एक जवान और सुन्दर अलफ नंगी लड़की की तस्वीर थी, जो बैठी हुई थी।

"यह कौन है?" मोहन ने प्रश्न किया।

"मैं नहीं जानता। एक फिल्मी पत्रिका में यह तस्वीर छपी थी, या रुपये देकर छपवाई गई थी।"

"इसका मतलब है फिल्म इण्डस्ट्री से सम्बन्ध रखती है?"

"जरूरी बात है।"

"लड़की बुरी नहीं। लेकिन इससे अधिक सुन्दर शक्ल व सूरत मे ही नहीं बल्कि शरीर के लिहाज से भी लड़कियां मिल सकती हैं।" मोहन ने कहा।

"मैं जानता हूं। दिल्ली में इससे बेहतर लड़कियां हैं।" अरुण ने कहा।

"फिर इस लड़की में क्या दिलचस्पी हैं?"

"मैं इससे पूछना चाहता हूं कि इसने तस्वीर के नीचे कीमत क्यों नहीं छपवाई।"

मोहन हंस पड़ा, "तुम शरारत से बाज नहीं आ सकते।"

"यह बात नहीं मोहन! मैं जानता हूं, आज से बीस वर्ष पहले फिल्म लाइन में केवल कोठों से लड़कियां हीरोइन बनने आती थीं। कुछ दूसरी लड़कियां भी थीं जो मध्यम वर्ग के घरानों से सम्पर्क रखती थीं फिर भी वे इस तरह की तस्वीर न उतरवा सकी थीं। छपवाने का सवाल ही नहीं।"

"लेकिन तुम्हें इससे क्या दुश्मनी है? एक यह ही क्या, आज की हर अभिनेत्री इससे भी अधिक नंगी होकर फिल्म में काम करने को तैयार है।"

"इससे अधिक क्या नंगी हो सकती है?"

"तुमने ध्यान नहीं दिया। वह इस ढंग से बैठी है कि पूरी टांग ने उसके सीने को भी छुपा लिया है।

"और देश की प्रधानमंत्री एक नारी हैं।" अरुण ने क्रोध में आकर कहा, "इतिहास कहता है कि इस देश ने सीता, सावित्री और पद्मिनी को जन्म दिया था।"

मोहन हंस पड़ा, "तुम्हें काला धन निकालने की तनखाह मिलती है, इस देश की सभ्यता और संस्कृति को संवारने की नहीं।"

"मैं इसे इस वेश में बाजार की सैर कराना चाहता हूं।" अरुण ने कहा।

"यहां ऐसी दर्जनों नहीं, सैकड़ों हैं। तुम किस-किसको बाजार में घुमाओगे?"

"यह मुझपर छोड़ दो।"

“जानते हो, पुलिस फौरन गिरफ्तार कर लेगी।”

“मुझे?”

“यदि तुम साथ हुए तो।”

“इस सूरत में मैं आई-कार्ड जेब में नहीं रखूंगा। किसी काल्पनिक नाम से गिरफ्तार हो जाऊंगा। लेकिन खबर तो अखबारों में छप जाएगी।”

“और तुम समझते हो, ऐसा करने से ऐसी तस्वीर उपना बन्द हो जाएंगी? तुम अकेले इस तूफान से लड़ सकते हो? दिल्ली में कोठे बन्द हो गए। कानून ने कर दिए। लेकिन कितने सौ या कितनी हजार कालगर्ल हैं?”

“काफी।”

“फिर यह तो बम्बई है। तुम उस लड़की से लड़ने की जगह इस प्रेस और पत्रिका पर छापा क्यों नहीं मारते? “मोहन ने कहा, “लड़की कम दोषी है और आज की फिल्मी पत्रिका ज्यादा दोषी हैं। यह प्रकाशन का ढंग नहीं बल्कि स्त्रियों की दलाली है। इन दलालों को क्यों नहीं पकड़ते?”

“मैं इससे मिलना चाहता हूं।” अरुण के स्वर में आदेश था।

“तुम कानूनी तौर पर मिल सकते हो।”

“नहीं। मैं एक साधारण आदमी के तौर पर मिलना चाहता हूं।”

“हो जाएगा।”

“कितना रुपया खर्च होगा?”

“क्या विभाग दे रहा है?”

“नहीं।”

“फिर कुछ नहीं।”

“क्या मतलब?”

“राव बड़े काम की चीज है। आज की जिस अभिनेत्री का नाम लो, वह होटल के कमरे में नंगी नाच सकती है यदि इसे नाच कह सकते हो तो।”

“नहीं, मुझे सेक्स में कोई दिलचस्पी नहीं।”

“रात बानो कैसी थी?”

“वह तुम्हारी जिंद थी। तुम सिद्ध करना चाहते थे कि बीस वर्षों में तुम कहां से कहां पहुंच गए हो।”

"अच्छा, एक बात बताओ।"

"पूछो।"

"इसे तो कल मिल लेंगे। वैसे इतने बड़े कारनामे के बाद भी तुम्हें तरक्की क्यों नहीं मिली?"

"वह एक लम्बी कहानी है। वैसे मैं गजेटेड अफसर क्लास वन भरती हुआ था और कोई शक्ति भी मुझे क्लास टू नहीं बना सकती और तरक्की मुझे अब मिल नहीं सकती।" अरुण ने मुस्कराकर कहा।

"क्यों?

"एक बार एक आई० जी० अफसर से मिला था। वह आई० जी० में आने से पहले राजस्थान में सी० आई० ए० में था।"

"क्या इस देश में भी सी० आई० ए० है?"

"हां।" अरुण ने सिगरेट का कश लिया "खैर, उसने एक किस्सा सुनाया।"

"हो जाए।" कहकर मोहन ने गिलास खाली कर दिया।

"एक थाना में एक कांस्टेबल था। वह बहुत ईमानदार था। और इन्चार्ज सब-इंस्पेक्टर उतना ही घूसखोर था। कांस्टेबल सब-इंस्पेक्टर को मां-बहन की गालियां देता था। सब-इंस्पेक्टर ने उसे बहुत धमकियां दी, लेकिन कोई असर न पड़ा। आखिर तंग आकर सब-इंस्पेक्टर ने एस० पी० से शिकायत कर दी। एस० पी० आया और कांस्टैबल पेश हुआ। एस० पी ने पूछा कि तुम सब-इंस्पेक्टर को मां-बहन की गालियां देते हो? कांस्टैबिल ने मां की गाली देकर कहा कि वह पहले दरजे का घूसखोर है। एस० पी ने कहा, 'तुम मेरे सामने भी उसे गाली दे रहे हो। नतीजा जानते हो?'

"कांस्टैबल ने तनकर कहा, 'हां जनाब! आप मुझे हैडकांस्टैबल बना नहीं सकते। कांस्टैबल मैं हूं। इसके नीचे क्या मुझे सक्का बना देंगे? एस० पी० हंस पड़ा।"

मोहन भी खिलखिलाकर हंस पड़ा। हंसी बन्द हुई तो उसने कहा, "तुम्हारे साथ भी यही हुआ है?"

"हां। मुझे असिस्टेंट डाइरेक्टर बनाएंगे नहीं। और क्लास टू बना नहीं

सकते।"

"अच्छा, एक बात बताओ?"

"पूछो।"

"सौदा नहीं किया था उसने?" मोहन ने पूछा।

"बहुत टेढ़ा सवाल है।" अरुण लेटा हुआ था। उठकर बैठ गया। "अब एक पैग दो।"

"अब बात बनी।" मोहन ने ताली पीटी और गिलास बनाने लगा। गिलास बनाकर बढ़ाया।

अरुण ने गिलास से एक घूंट भरा। गिलास पैग टेबल पर रखा और सिगरेट का कश लिया।

"कुछ महीने की बात है, इन्कमटैक्स के अफसरों और पुलिस के कर्मचारियों ने जो संख्या में डेढ़ सौ थे, चार प्रोड्युसरों और एक्टरों के घरों पर छापा मारा था।"

"हां।"

"और छत्तीस घण्टे तलाशी जारी रही।"

"हां।"

"क्या बरामद हुआ था?"

"पच्चास रुपये भी नहीं।"

"और मैंने दो नायब लेकर पन्द्रह मिनट में क्या बरामद किया था?"

"चालीस लाख।"

"अब चालीस लाख चालीस लाख होते हैं।"

"उसने सौदा करना चाहा?"

"यह भी पूछने की बात है?"

"कितने पर?"

"फिफ्टी-फिफ्टी।"

"यानी बीस लाख! और तुमने बीस लाख रुपया ठुकरा दिया।" मोहन ने कहा, "और जवानी में तुम एक लड़की को, जिसे तुम प्यार करते थे, तीन आने की कॉफी न पिला सकते थे।"

"अब समझे, यह नोटांक इलाज नहीं?"

"बीस लाख के अलावा उसने साड़ी नहीं उतारी।"

"तुम भी गधे हो!" अरुण ने यह कहकर गिलास खाली कर दिया। "उसने उन चालीस लाख के लिए सैकड़ों मर्दों के लिए साड़ी उतारी थी। क्या एक के लिए न उतार सकती थी?"

"तुमने यह प्रस्ताव भी ठुकरा दिया?"

"जो बीस लाख को ठकरा सकता है, वह इस औरत को भी ठुकरा सकता है जिसके साथ सैकड़ों मर्द सो चुके हों!"

"इसके विपरीत तुम्हें तरक्की नहीं मिली?"

"कुछ और मिला था।"

"क्या?"

"डाइरेक्टर ने चार्ज शीट दी थी कि मैंने उसकी अनुमति के बिना यह कदम क्यों उठाया? बम्बई के डिप्टी डाइरेक्टर ने शोर मचाया कि मैं उसके जोन में उसको बताए बिना क्यों घुसा?"

"तो सरकार इस तरह चल रही है?"

"अभी तो चल रही है।"

"फिर केस का क्या बना?"

"डाइरेक्टर कुछ लाख में खुश हो गया और मिनिस्टर ने साड़ी उतार दी।"

"और तुम्हें क्या मिला?"

"आराम।"

"क्या मतलब?"

"अब मुझे कोई काम नहीं सौंपा जाता। पहली तारीख को चेक मिल जाता है। दिन-भर दफ्तर में सिगरेट फूंकता हूं, कॉफी पीता हूं। और शाम को झक मारता हूं।"

"तो अब अफसर इस प्रकार के हैं?"

"अब अफसरों की तीन किस्में हैं। एक वह, जो चमचागीरी नहीं करते और न जूते चाटते हैं बल्कि कुछ और चाटते हैं, ताकि तरक्की मिल जाए। दूसरी किस्म उन अफसरों की है, जो फाइल पर कुछ नहीं लिखते और आगे बढ़ा देते

हैं। तीसरी किस्म में मुझ जैसे लोग आते हैं। वेतन लेते हैं और सिगरेट फूंकते हैं।"

"तुम्हें नौकरी से अलग क्यों नहीं किया?"

"जानते हो, गवर्नमेंट एक गजट भी छापती है। जब कोई गजेटेड अफसर छुट्टी पर जाता है तो उस गजट में छपता है। कि राष्ट्रपति को हर्ष है कि अमुक अफसर इस वजह से छुट्टी पर गया है। और जब ड्यूटी ज्वाइन करता है तो सूचना छपती है कि राष्ट्रपति प्रसन्न हैं कि अमुक अफसर ने ड्यूटी ज्वाइन कर ली है। फिर सुप्रीम कोर्ट और हाई कोर्ट के नब्बे प्रतिशत जज राजनीतिज्ञों से नहीं डरते।"

"यह राजनीतिज्ञ भी..."

"घबराओ नहीं। एक समय आएगा जब डाकू और स्मगलर राजनीतिज्ञ बनेंगे। अभी तो राजनीतिज्ञ इनसे चुनाव के लिए सहायता लेते हैं।"

"और तुम अकेले इस देश की सभ्यता और संस्कृति को सुधारना चाहते हो?'

"इसलिए कि सरकार ने 'कल्चरल' में एग्रीकल्चरल मंत्रालय बनाया है, जबकि दोनों की जरूरत है।"

"हूं।"

"तो कल इसे मिल सकते हैं?"

अभी तो इस तस्वीर को तकिये के नीचे रख लो। रात तो सपने बहुत अच्छे आएंगे।" मोहन ने हंसकर कहा।

"वैसे कल शाम इसके यहां गुजारेंगे।"

"क्या बात है, आप दोनों भाइयों को नींद नहीं आ रही?" कीर्ति ने दरवाजा खोलकर कहा।

"ओह भाभी, आप अभी तक जाग रही हैं!"

"क्या बजा है?" कीर्ति ने पूछा।

"अढ़ाई।" मोहन ने कहा।

"अच्छा मोहन, गुडनाइट। बाकी कल।"

मोहन खड़ा हो गया और गुडनाइट कहकर चला गया। अरुण उठकर बाथरूम गया। लौटकर उसने गिलास में एक पैग डाला, खाली किया, रोशनी

बन्द की और पलंग पर लेट गया। दस मिनट बाद वह गहरी नींद सो रहा था।

छः

अरुण ने आंख खोली और आस पास का निरीक्षण किया। पैग टेबल पर हाफ पड़ा था, जिसमें एक पैग व्हिस्की थी। उसने तकिये के नीचे से घड़ी निकाली और टाइम देखा।

सवा नौ बजे थे।

वह पलंग से नीचे आ गया और हॉल कमरे में चला गया।

मोहन वर्दी पहनकर नाश्ता कर रहा था।

"गुड मार्निंग!" मोहन ने कहा।

"मार्निंग।"

"कॉफी दूं?"

"जरूर।"

इतने में कीर्ति आ गई।

"आप आ गए?" कीर्ति ने मुस्कराकर कहा।

"हां भाभी!"

"लो, कॉफी पियो।" मोहन ने प्याला बढ़ाया।

"बच्चे स्कूल चले गए?"

"हां।"

कीर्ति फिर रसोईघर में चली गई।

"याद है, आज उस तस्वीर वाली से मिलना है। मैं सात बजे आ जाऊंगा। और उस समय हम राव के यहां चले जाएंगे। तस्वीर मैं अभी ले जाऊंगा और राव को देता जाऊंगा। वह दिन में मामला ठीक कर देगा।"

"सात बजे?"

"हां, पूरे सात बजे।"

"याद रखना, नोटांक नहीं मिलेगी।"

"यह व्हिस्की पीने के बाद सोचेंगे।" मोहन ने नाश्ता समाप्त किया,

"मेरे दफ्तर जाने का समय हो गया है। आज मेरे दफ्तर क्यों नहीं आते?"

"वहां क्या है?"

"इन एक्ट्रेसों से अधिक सुन्दर लड़कियां काम करती हैं, और कुंवारी हैं।"

"वह तो दिल्ली में भी हैं। लेकिन कुंवारी नहीं।" अरुण ने मुस्कराकर सिगरेट सुलगाया।

"अच्छा, शाम को मिलेंगे कीर्ति!" मोहन चिल्लाया।

"जी।" रसोईघर से आवाज आई।

"मैं जा रहा हूं।"

"गुडलक।"

"ओके ओल्ड ब्वाय!" कहकर मोहन चला गया।

अरुण उठकर बाथरूम चला गया। निपृत होकर आया तो कीर्ति ने पूछा, "भैया! कॉफी दूं?"

"नहीं भाभी! मैं अब शेव करूंगा। फिर स्नान और उसके बाद नाश्ता।"

"नाश्ते में कोई खास चीज चाहिए?"

"नहीं।" कहकर अरुण खड़ा हो गया और बाथरूम चला गया।

नौकरानी आ गई थी और रसोईघर में बर्तन साफ कर रही थी।

अरुण बाथरूम से निकलकर शेव का सामान लेकर आ गया।

"गर्म पानी दूं?"

"यदि कष्ट न हो तो।"

"हद है।" कहकर कीर्ति खड़ी हो गई।

दो मिनट बाद गर्म पानी आ गया। और अरुण ने शेव बनाना शुरू कर दिया।

"कुछ कपड़े धुलवाने हैं तो दे दीजिए।"

"हां, दो बनियाइनें हैं, अण्डरवियर और रूमाल।"

"और कमीज?"

"क्या धो सकेंगी?"

"बहुत अच्छे तरीके से। आप तो टेरीकाट की पहनते हैं, टेरालीन की क्यों नहीं?"

"मुझे पसन्द नहीं। मुझे सिल्क पसन्द है।"

"दो घोड़े की बोसकी। वह तो आप जवानी में इस्तेमाल करते थे। अब तो मिलती नहीं।"

मिलती है; लेकिन 1962 के युद्ध के बाद उसे पहनना बन्द कर दिया। मैं चीन की बनी कोई भी चीज इस्तेमाल नहीं करता। एक बार मैं सिगरेट सुलगाने लगा तो किसीने लाइटर जलाकर बढ़ा दिया। अचानक मेरी दृष्टि लाइटर पर पड़ी तो मैंने सिगरेट दूर कर दिया।"

"क्यों?"

"मैंने उससे पूछा, यह चीन का बना हुआ है? उसने कहा, हां, और मैंने जेब से माचिस निकाल ली।"

"आप कुछ बातें भूलते नहीं?"

"भाभी! यह सिद्धान्त की बात है।"

"दोपहर का खाना?"

"बाहर ही खा लूंगा।"

"शाम को क्या पकाऊं। मुर्गा चलेगा?"

"शायद शाम को हम बाहर खाना खाएं।"

"हमसे मुराद यह भी होंगे?"

"हां।"

"कोई खास प्रोग्राम है?"

"थोड़ा-सा।"

"वायदा याद है?"

"बिलकुल।" अरुण ने कहा, "घर आएगा तो आप सूंघ लीजिएगा।"

"मुझे आपपर भरोसा है। चार-पांच शाम नहीं पिएंगे तो आदत छूट जाएगी।"

"अब यह आण्टी ब्राण्ड कभी नहीं पिएगा।"

"मैं आभारी हूंगी।"

"भाभी! वह आपका पति है और मेरा भी कोई रिश्ता है।" अरुण ने मुस्कराकर कहा।

"मैं जानती हूं। आप पहले और मैं बाद में इनके जीवन में आई थी।

आप यहां क्यों नहीं आ जाते?"

"मुझे यह शहर पसन्द नहीं। दिल्ली के अलावा सिर्फ पहाड़ पसन्द हैं। आप जनवरी में दिल्ली आइए। वहां से शिमला चलेंगे। आप बर्फ देखना पसन्द करेंगी?"

"वह तो स्विट्जरलैंड में भी देखी थी।"

"मैं भूल गया था।" अरुण ने मुस्कराकर कहा, "अच्छा मैं स्नान कर लूं?"

"अण्डे कैसे बनाना है?"

"फ्राई।"

"टोस्ट के साथ?"

"जी नहीं, स्लाइस।"

"कॉफी या चाय?"

"कॉफी, यदि क्रीम हो तो क्या बात है!"

"है। और दलिया?"

"चलेगा।" अरुण ने कहा और शेव का सामान उठाकर बेडरूम में चला गया।

आधे घण्टे बाद वह तैयार होकर आया।

"आपने स्नान के लिए बहुत समय लिया।"

"स्नान के अतिरिक्त कुछ और भी करना था।"

"वह क्या?"

"इन्हें जरा अच्छी हालत में रखना है।" कहकर अरुण ने बाजू की मछली पर हाथ रखा।

"आप अभी तक कसरत करते हैं?"

"शरीर में फुर्ती आ जाती है। वैसे यह मोहन इतनी रात जागने के बाद सुबह इतनी जल्दी तैयार कैसे हो जाता है?"

"गोलियां।"

"हां भाभी! अब तो शहरों में घी-दूध तो रहा नहीं। गोलियां रह गई हैं।"

"लेकिन आपको तो जरूरत नहीं पड़ती?"

"ब्रह्मचर्य।"

"छोड़ो भैया!" कीर्ति ने हंसकर कहा, "मैं नाश्ता लाती हूं।"

मेज पर अखबार पड़ा था, जिसे कोई नहीं पढ़ता था। अरुण ने अखबार उठा लिया।

कीर्ति ने नाश्ता देना शुरू कर दिया।

दस मिनट में नाश्ता समाप्त हो गया।

"भाभी! जरा ध्यान रखना। अटैचीकेस में आटोमैटिक है।" अरुण ने कहा।

"भरा हुआ तो नहीं?"

"नहीं। फिर आप तो एक पुलिस अफसर की बेटी है...।"

"मैं रिवाल्वर के बारे में तो जानती हूं, लेकिन पिस्तौल के बारे में नहीं।"

"मैं किसी दिन सिखा दूंगा।"

"क्या करूंगी सीखकर! यहां इसकी जरूरत नहीं। केवल वे लोग रखते हैं जो फिल्मों में किराये पर सप्लाई करते हैं। वैसे अब तो कई एक्टरों के पास बेहतरीन राइफलें हैं, क्योंकि उन्हें शिकार का शौक है। वह कपड़े देते जाइएगा।"

"बेहतर।" कहकर अरुण बेडरूम में चला गया। तकिये के नीचे फोटो न था। उसने मैले कपड़े उठाए और वहां रख दिए जहां दूसरे कपड़े थे। "अच्छा भाभी, शाम को भेंट होगी।"

"बाई।"

अरुण चला गया।

शाम को ठीक सात बजकर दस मिनट पर अरुण लौट आया। मोहन और कीर्ति उसकी प्रतीक्षा कर रहे थे।

"भैया! चाय या कॉफी पिओगे?"

"नहीं भाभी! दिन-भर यही तो चलता है।" अरुण ने उत्तर दिया और मोहन से सम्बोधित हुआ, "मैं लेट तो नहीं हुआ?"

"आज शाम तुम्हारी है, तुम जब चाहोगे, शुरू हो जाएगी।"

"मैं स्नान करना चाहता हूं।"

"मैं जानता हूं।"

"पन्द्रह मिनट।" कहकर अरुण बाथरूम में चला गया। स्नान के बाद उसने कपड़े बदले और हॉल कमरे में आ गया।

"तैयार?" मोहन ने पूछा।

"हमेशा।" अरुण ने सिगरेट सुलगाया।

"एक-एक पैग हो जाए।"

"मुझे इनकार नहीं।"

मोहन ने हाफ निकाला। कीर्ति ने गिलास और सोडे रख दिए। मोहन गिलास बनाने लगा।

"कब लौटिएगा?" कीर्ति ने प्रश्न किया।

"कुछ कह नहीं सकते।" मोहन ने कहा।

"कोई खास प्रोग्राम है?"

"बम्बई की सैर करेंगे।" मोहन ने कहा।

"पैदल?" कीर्ति ने मुस्कराकर कहा।

"आज नहीं।" अरुण बोला।

"लो। और इस शाम के नाम" मोहन ने गिलास बढ़ाया और अपना उठा लिया।

अरुण ने गिलास थाम लिया। एक घूंट लिया और रख दिया।

"राव के यहां जाइएगा?" कीर्ति ने पूछा।

"नहीं।" मोहन फौरन बोल पड़ा, "तुमने आज बुशर्ट पहन ली है।"

"समय-कुसमय के लिए साथ है।"

"इसकी क्या जरूरत है?"

"तुम्हारे इस शहर का कोई भरोसा नहीं।"

"इरादे तो ठीक हैं!" कीर्ति ने कहा।

"भाभी, चिन्ता न कीजिए। यह बम्बई नई नहीं है। सिर्फ लोग बदल गए हैं। नई बिल्डिंगें बन गई हैं। लेकिन आज भी वही दौड़-धूप है जो बीस वर्ष पहले थी, या चालीस वर्ष पहले थी। हर कोई यहां लखपति बनने आता है। कुछ बन जाते हैं और हजारों खाली हाथ लौट जाते हैं।" अरुण

ने हंसकर कहा।

"वे भी तो हैं, जो केवल आशा पर जिन्दा हैं।" कीर्ति ने व्यंग्य कसा।

"इन्हें आशा पर जिन्दा रहने की आदत पड़ गई है।" कहकर अरुण ने गिलास उठाया और खाली कर दिया।

"एक और?" मोहन ने पूछा।

"जहां जाएंगे, वहां मिल जाएगी।" अरुण ने उत्तर दिया।

"तो चलें?"

"जब कहो।"

"मैं तैयार हूं।" कहकर मोहन ने भी गिलास खाली कर दिया। खड़े होकर उसने कीर्ति से कहा, "तुम सो जाना, मेरे पास चाबी है।"

"अरुण भैया!"

"जी?"

"बायदा याद है?"

"आप चिन्ता न करें।"

मोहन दरवाजा खोले खड़ा था।

"अच्छा भाभी!" कहकर अरुण बढ़ गया।

बाहर निकलकर वे राव के फ्लैट की ओर चल दिए।

"तुमने तस्वीर कब निकाली थी?" अरुण ने प्रश्न किया।

"सुबह।"

"मैं तो समझा था, तुम भूल गए होगे।"

"ऐसे प्रोग्रास नहीं भूलता।"

"राव ने क्या कहा?"

"सब ठीक हो जाएगा।" मोहन पानवाले की दुकान पर रुक गया। उसने हाथ की अंगुलियों से तीन का इशारा किया।

दुकानदार ने दो मिनट में पान लगाकर पत्ते में बांधकर बढ़ा दिए।

"आओ।" मोहन ने कहा।

"बम्बई! मैं आज तुम्हें नंगा देखना चाहता हूं।" अरुण ने कहा।

"जिन्दाबाद!" मोहन ने नारा लगाया

सात

राव इनकी प्रतीक्षा कर रहा था। व्हिस्की की बोतल खुली थी। चार-पांच लोग बैठे थे।

"अरुण सेठ! ओह, तुम कल किधर गुम हो गया था? और हमारे एम० एम० को भी साथ ले गया।" राव ने हाथ मिलाते हुए कहा।

मोहन और अरुण के लिए जगह बना दी गई।

"राकेश, गिलास लाओ।" राव ने आदेश दिया। "और अरुण सेठ, कैसा है?"

"ठीक है।"

"अरुण सेठ, अगर हम थोड़ी देर धन्धे की बात करता रहे तो बुरा तो नहीं लगेगा?"

"नहीं। हम जल्दी में नहीं।"

"इधर नौ बजे का टाइम है लेकिन हम दस बजे के बाद जाएगा।" राव ने कहा।

"ठीक है।"

गिलास में व्हिस्की डाल दी गई। चिअर्ज हुए और शाम शुरू हो गई।

अढ़ाई घंटे कैसे गुजरे, यह केवल अरुण और मोहन ही जानते थे। लोग आ रहे थे। लोग जा रहे थे। प्रीमियर की तैयारी हो रही थी। किसीको पास की जरूरत थी। किसीको टिकट दिया जा रहा था, ताकि हॉल फुल हो जाए। प्रेस को टिकट दिया जा रहा था, ताकि हॉल फुल हो जाए। प्रेस वाले भी आए थे। राव ने इन्हें भी हिदायत दी थी।

व्हिस्की पानी की भांति बह रही थी। सिगरेट के पैकेट खाली हो रहे थे।

अरुण और मोहन बोर हो रहे थे और बोरपन को व्हिस्की में घोल रहे थे।

कभी अरुण घड़ी देखता और देखकर मोहन को देखकर मुस्करा देता। कभी मोहन घड़ी देखता और अरुण को देखकर मुस्करा देता।

लगभग साढ़े दस बजे हंगामा समाप्त हुआ। दस से साढ़े दस के बीच नया आदमी कोई न आया था। जो दस बजे से पहले आए थे, इनमें से भी

बहुत-से लोग चले गए थे। साढ़े दस बजे राव, मोहन और अरुण के अतिरिक्त दो आदमी और थे। और वे प्रीमियर में नहीं, व्हिस्की में दिलचस्पी ले रहे थे।

"सॉरी अरुण सेठ?" राव ने मुस्कराकर कहा, "आज तुमको बहुत बोर किया।"

"बिल्कुल नहीं। मेरे लिए यह नई चीज थी इसलिए मैं आनंद ले रहा था।" अरुण ने कहा।

"एम० एम०, व्हिस्की पिया?"

"मैंने तो पिया लेकिन तुमने नहीं पिया?"

"हमारा बात छोड़ो। सारी रात पड़ा है।"

"राव, मैं समझता था कि यह काम प्रोड्यूसर का है।" अरुण ने सिगरेट सुलगाते हुए कहा।

"इसका भी है। लेकिन अरुण सेठ हमारे को बॉस पगार देता है। हमें इसका इन्ट्रेस्ट (भलाई) देखने का है।"

"खैर, एक बात है। मैं नहीं जानता था कि तुम अच्छे सेक्रेटरी ही नहीं बल्कि पी० आर० ओ० भी हो।"

"एक अच्छे सेक्रेटरी को अच्छा पी० आर० ओ० भी होने को मांगता। और हम तो अच्छा कण्ट्रोलर आफ फेडेक्शन भी बन सकता है।" राव ने कहा।

"मैं देख रहा हूं।" अरुण ने कहा।

"राव! तुम प्रोड्यूसर क्यों नहीं बन जाते?" मोहन ने कहा।

"अभी नहीं। बॉस नया पिक्चर नहीं साईन कर रहा है। तुम जानता है, अभी एकदम नया छोकरी आ गया है। सोलह-सत्रह वर्ष का। पुराना छोकरी सब खत्म हो गया। और बॉस भी चालीस वर्ष का होने को मांगता। अब वह सोलह वर्ष की छोकरी के साथ हीरो नहीं आ सकता। नया हीरो भी आ गया है। दो वर्ष में बॉस इक्कीस फिल्म खत्म कर देगा।"

"फिर?" मोहन ने कहा।

"फिर वह करेक्टर एक्टर बनने को मांगता तो काम मिल जाएगा। लेकिन करेक्टर एक्टर को सेक्रेटरी नहीं मांगता। फिर तुम बोलेगा तो प्रोड्यूसर

बन जाएगा।" राव ने कहा, "अभी हम इण्डस्ट्री में सबसे सीनियर सेक्रेटरी है।"

"मैं बाथरूम हो आऊं।" कहकर अरुण उठकर चला गया। आज बाथरूम चमक रहा था। वह बाथरूम था, रसोईघर न था। अरुण लौटा तो मोहन बोला, "अब क्या प्रोग्राम है?"

"पौने ग्यारह।" राव चिल्लाया, "बाप रे! हम तुम्हारा काम तो भूल ही गया।" कहकर उसने गिलास खाली किया, पैग डाला। "खाना किधर खाने का है?"

"वहां नहीं मिलेगा?" मोहन ने पूछा।

"हम उसे बोला नहीं; लेकिन वहां बैठकर मगा सकता है।" राव ने कहा।

"तो सोच क्या रहे हो, यह पैग खाली करो।" मोहन ने कहा।

"बोतल उठाओ।"

"बरोबर।" राव ने डबल पैग खाली किया, "ये चमचा लोग।" वह दोनों से बोला।

"बोलो सेठ!" एक बोला।

"क्या तुम्हारा घर नहीं है? नहीं है तो साला आंटी के पास जाओ। हमारा फ्रैंड आया है। और तुम साला स्काच पिए जा रहा है!"

"जाता है।" कहकर दोनों ने गिलास खाली किए और गुड बाई कहकर चले गए।

"अब चल दें वरना कोई और आ जाएगा।" मोहन ने गिलास खाली किया और खड़ा हो गया।

अरुण ने भी वैसा ही किया।

"एम० एम०, एक मिनट। वह साला छोकरी भी पास मांगता था। उसका मम्मी भी मांगता था और छोटा सिस्टर भी।" कहकर राव ने नीन पास निकाले।

"और उसका सेक्रेटरी?"

"उसको टिकट देगा।" कहकर उसने पास और टिकट संभाले। "एम० एम०, इधर बाटली पड़ा है। एक बाटल उठा लो।"

मोहन स्काच की बोतल उठा ली, "वह तस्वीर भी ले लेना।"

रोशनियां, एयरकंडीशंड बन्द करके उन्होंने फ्लैट को ताला लगाया और कार में बैठ गए।

"छोकरी का नाम क्या है?" मोहन ने पूछा।

"सब छोकरी का एक ही नाम है।" राव ने कार स्टार्ट करके कहा।

"अरुण सेठ, एक बात बोलेगा?"

"जरूर।" अरुण ने कहा।

"यह साला फिल्म मैगजीन का जर्नलिस्ट है ना।' यह बाप से पहले पैदा होता है।" राव ने कहा।

"जवाब नहीं।" मोहन ने कहा।

"मालूम नहीं साला किधर से खबर लाता है। आज का हर छोकरी सैक्स बम है या पाट है। और हम बोलता है कि अरुण सेठ उस रात ठीक किया।"

"क्या?"

"वह जो...बानों के यहां गया। पहले जो हीरोइन या स्टार होता, वह सैक्स को समझता था। और यह छोकरी लोग तो सिर्फ नंगा होने को मांगता है। जर्नलिस्ट लिखता है, सैक्स पाट हैं। मेरा विचार है, इन छोकरी लोग को मालूम ही नहीं, सैक्स क्या होता है। साला एकदम डाल्डा प्रोडक्ट है। सोलह वर्ष में आता है तो डिब्बा होता है। सत्रह वर्ष में कनस्तर और अठारह वर्ष में ड्रम। अभी बोलता है आर्टिस्ट है। काहे का आर्टिस्ट है? और कितना डाइरेक्टर है जो अच्छी फिल्म बनाता है, जिसमें हीरो और हीरोइन एक्टिंग करने को मांगता है, और नब्बे प्रतिशत प्रोड्यूसर-डाइरेक्टर तो हीरो से ढिशुम-ढिशुम कराता और हीरोइन से कपड़े उतारने को बोलता।"

"लेकिन तांगे वाले तो पसन्द करते हैं।" मोहन ने हंसकर कहा।

"हां। वह यही मांगता।" राव ने कहा, "अभी एक छोकरी हीरोइन बनने आया है। अच्छा शकल है। साला बान्दरा के एक होटल में कालगर्ल होता। सुबह को दारूमांगता, दुपहर को दारू मांगता। रात को दारू मांगता। दिन में सौ से अधिक सिगरेट फूकता और प्रेस को बोला, इंडिया में कोई भी लड़की, जो पन्द्रह बरस से अधिक की है, वह विरजिन नहीं।"

"मैंने पढ़ा है।" अरुण ने कहा, "बाली या कुछ इसी किस्म का नाम है।"

"बरोबर।" राव बोला, "अभी साला सत्रह वर्ष का नहीं और एक बाटल से अधिक दिन में व्हिस्की पीता। चार-पांच वर्ष में पागल हो जाएगा।"

राव ने कार की चाल धीमी कर दी।

"यह तो कोई बहुत बड़ा इलाका नहीं।" मोहन ने कहा।

"अभी है क्या! केवल तीन फिल्म हाथ में है। दो बेडरूम और एक ड्राइंरूम है। अभी सैकंड हैंड फीएट कार भी नहीं।" राव ने कहा।

"इस तस्वीर के छपने के बाद भी नहीं?" अरुण ने प्रश्न किया।

"अरे अरुण सेठ! ऐसा तस्वीर की कौन परवाह करता है। अच्छा प्रोड्यूसर-डाइरेक्टर तो काम देगा नहीं। दो-तीन वर्ष बी क्लास फिल्म में काम करेगा और छुट्टी।" कहकर राव ने कार बन्द कर दी।

बिल्डिंग पांच मंजिला थी। वे कार से उतरकर चले गए।

"कौन-सा माला?" मोहन ने कहा।

"चौथा। और लिफ्ट भी नहीं। सब व्हिस्की उतर जाएगा।" राव ने हंसकर कहा, "हम तो कभी न आता लेकिन एम० एम०, तुम हमारा दोस्त और अब अरुण सेठ हमारा दोस्त। तुम बोलेगा तो साला फारस रोड भी जाएगा।"

वे सीढ़ियां चढ़ रहे थे। अरुण को तो पता ही न चला लेकिन राव और मोहन धीरे-धीरे चढ़ रहे थे। अरुण समझ गया कि यह सब आंटी ब्रांड की बदौलत था, जो चार मंजिल न चढ़ सकते थे।

एक फ्लैट के आगे रुककर राव ने घंटी पर अंगुली रख दी। "साला दिन में ही सोता है।" राव ने कहा और अंगुली न उठाई।

"आता है। आता है।" भीतर से आवाज आई।

दरवाजा खुल गया। एक तीस बरस का मर्द था।

"आओ राव साहब! आइए, आइए!"

वे भीतर चले गए।

संगमरमर के टुकड़ों का फर्श था और नंगा था।

दीवारों पर उस लड़की की विभिन्न कोणों से कुछ चित्र थे। एक सैकंड हैंड सोफा था।

"शर्मा! क्या दिन में ही सोता?" राव की सांस फूल गई थी। वह सोफे

पर बैठ गया।

"नहीं मिस्टर राव! आपने दस बजे के लिए कहा था।"

"और फिल्म लाइन में दस बजे सूर्य छिपता है।" राव ने कहा, "एम० एम०, अरुण सेठ, बैठो ना। और शर्मा, गिलास लाओ।"

"पानी चलेगा?" शर्मा ने कहा।

"साला एक फ्रीज ही खरीद लो। पैसे नहीं तो हमारे को बोलो। सोडा लाओ।" राव ने हुक्म दिया, "और वह तुम्हारा मैडम किधर है?"

"अभी आता है।"

"क्या मेकअप कर रहा है?"

इतने में एक बेडरूम के दरवाजे में मैडम आकर खड़ी हो गई। उसने जीन पहन रखी थी और ब्लाउज था, जिसके नीचे ब्रेसरी न थी। ब्लाउज न भी होता तो कुछ अन्तर न पड़ता क्योंकि लगभग कमर से ऊपर सारा शरीर नंगा था।

"नमस्ते।" उसने कहा।

"आओ, आओ!" राव ने कहा।

वह आ गई।

"यह हमारा फ्रैंड है एम० एम० और यह एम० एम० का फ्रैंड है अरुण सेठ। दिल्ली में प्लास्टिक की फैक्टरी है। अभी फिल्म बनाने को मांगता है।'

"नमस्ते।" मैडम ने बड़े अन्दाज से नमस्ते कही और अकेली सोफे पर बैठने लगी।

"ऐ मैडम, इधर अरुण सेठ के पास बैठो।"

"ओह!" कहकर वह अरुण के पास बैठ गई। दोनों की जांघों में केवल दो इंच का फासला था।

शर्मा तीन गिलास ले आया था।

"क्या बात है, मैडम नहीं पीता?" राव चिल्लाया।

इतने में मैडम की ममी आ गई। उसने सबको नमस्ते कही और एक ओर बैठ गई।

शर्मा एक गिलास और ले आया था। "मैं सोडे लाता हूं। आप पानी से शुरू करें।"

“जाओ। और सुनो। सोडे देकर थोड़ा खाने को लाओ।” कहकर राव ने जेब से सौ-सौ के नोट निकाले और एक नोट बढ़ा दिया।

“मैं देता हूं।” अरुण ने कहा।

“अरुण सेठ, छोकरी से बात करो। और एम० एम०, जरा व्हिस्की डालो। ऐ ममी!” वह मैडम की ममी से बोला।

“जी।”

“साला और फ्लैट नहीं मिलता? इस कचरा में कैसे रहता है? और बोलता है छोकरी को हीरोइन बनने का है!”

“अब राव साहब, यह तो आप ही करा सकते हैं!”

“तुम कभी हमारे पास आया?” राव चिल्लाया।

“मिस्टर राव, वह हमारे प्रीमियर के पास?” मैडम ने कहा।

“देता है।”

“मुझे किसके साथ बिठा रहे हैं?” मैडम के शरीर से सेंट की महक आ रही थी। उसके कटे हुए बाल कंधों पर बिखर रहे थे।

“अभी किसके साथ बैठने को मांगता। यह तुम्हारा सेक्रेटरी है? यह साला कैसा सेक्रेटरी है?”

“इसको थोड़ा समझाओ।” ममी बोली।

“शाम को इधर क्या करता है? हमारे पास काहे को नहीं आता? इधर कितना प्रोड्यूसर और डाइरेक्टर आता है। उनसे इंट्रोड्यूस होगा। अभी घर में बैठने से तो फिल्म में काम नहीं मिलेगा।”

“मिस्टर राव, आप हमारी मदद करें।” ममी बोली।

“मिस्टर राव, हमारे पास?” मैडम वोली।

व्हिस्की डाल दी गई थी और पानी मिला दिया गया था। हर किसीने गिलास उठाया और चिअर्ज कहकर एक-एक घूंट लेकर रख दिया।

“बेबी! अधिक नहीं पीना।” ममी बोली।

“तुम नहीं पीता?” राव बोला।

“नहीं।”

“ममी, चिन्ता न करो।” मैडम बोली।

"सिगरेट।" राव ने इंगलिश सिगरेट का पैकेट बढ़ाया।

एक मैडम ने लिया। दूसरा अरुण ने। सिगरेट सुलग गए तो अरुण ने अपना पैकेट भी मेज पर रख दिया।

मोहन ने पतलून की जेब से दो पैकेट, जिनमें बीस-बीस सिगरेट थे और विदेशी थे, मेज पर रख दिए।

"फिर मिस्टर राव! मुझे किसके साथ बिठा रहे हैं आप?" मैडम बोली।

"पहले काहे को नहीं बोला। आज बोला। बड़ी मुश्किल से तीन पास लाया हूं। और शर्मा के लिए टिकट।" कहकर उसने पास और टिकट बढ़ा दिए।

"थेंक यू मिस्टर राव!" मैडम ने चमककर कहा, "मेरा विचार है, इंडस्ट्री के आधे हीरो-हीरोइन आएंगे।"

"अरे, बॉस का यह फिल्म गोल्डन जुबली होने को मांगता। एक हफ्ते के लिए तमाम सिनेमा का हर शो का टिकट विक गया है। आज का बलैक का भाव प्रीमियर के लिए चालीस रुपये था। और परसों सौ रुपये हो जाएगा।"

"ममी! मैं क्या पहनकर जाऊं?" मैडम ने कहा।

"टॉप लैस।" राव बोला।

"ओह नो! इतनी बड़ी-बड़ी स्टार होंगी जो दस-दस हज़ार की साड़ी पहनकर आएंगी। हीरे-जवाहरात चमक रहे होंगे। राव साहब, कभी तो हमारी भी ऊपरवाला सुनेगा।" मैडम ने कहा।

"अभी नीचे वाले की सुनो।" राव ने अरुण की ओर इशारा किया।

शर्मा आ गया था। वह एक दर्जन सोडे लाया था। उसने फुर्ती से चार सोडे खोले।

"अभी तुम भी पीने को मांगता?" राव ने शर्मा से पूछा।

"जैसा आप चाहें।"

"पियो और साला इंगलिश सिगरेट फूंको।"

"आपकी मेहरबानी है।" कहकर वह चला गया और अपने लिए गिलास ले आया।

"एम० एम०!" राव बोला, "यह साला एक बाटल कम पड़ेगा।"

"फिर?"

"खैर देखेगा।"

"क्या बाजार बन्द हो गए है?" अरुण ने सवाल किया।

"इस शहर में पैसा हो तो कुछ भी बंद नहीं होता। यह फाइव स्टार होटल काहे को बना है?"

"मिस्टर राव, फिर बेबी के लिए कुछ कीजिए।"

"उस दिन प्रीमियर के बाद शर्टन में डिनर है। व्हिस्की होगा ही, और पार्टी सुबह तीन बजे तक चलेगा। वहां तुम्हारा बेबी को दो-एक हीरो से मिलवाएगा। लेकिन तुम जानता, वह अकेला नहीं होता। कोई न कोई हीरोइन को साथ लाता।"

'फिर कैसे बात बने?' ममी बोली।

"ओह ममी, तुम जानता है, यह साला पूना में इंस्टीट्यूट है ना, वहां से हर साल एक दर्जन छोकरी हीरोइन बनकर निकलता। एक दर्जन हीरो बनकर निकलता। कोई डाइरेक्टर बनकर निकलता और कोई कैमरामैन बनकर लेकिन इधर इतना काम कहां है? जो स्टार है, वह तीन शिफ्ट काम करता है। और इन लोगों को कोई नहीं पूछता।"

अरुण को महसूस हुआ कि वे साढ़े सात बजे से पोने ग्यारह बजे तक चुप बैठे व्हिस्की पीते रहे थे और न मालूम कितनी पी गए थे। इस पन्द्रह मिनट की ड्राइव और चार मंजिल चढ़ने से व्हिस्की खिल गई थी। इस बोतल के बाद तो छुट्टी हो जाएगी। इसलिए उसने च ल धीमी कर दी। राव और मोहन ने भी बहुत पी रखी थी। भगवान कुशल ही करे।

"शर्मा!" राव बोला।

"जी?"

"एक पैग पिया।"

"जी हां।"

"जाओ, दो तन्दूरी चिकन लाओ। अरे नहीं, चार लाओ। और हां, अरुण सेठ, थोड़ा मछली चलेगा?"

"चिकन ठीक है।" अरुण ने कहा। हालांकि भूख से उसका बुरा हाल था।

"चार काफी हैं?" राव ने पूछा।

"काफी हैं।"

"यह बाटल खत्म करके डिनर को चलेगा। क्यों मैडम?" राव ने कहा।

"जरूर।"

"किधर जाने को मांगता?"

"कहीं भी।"

"तो जुहु चलेगा?"

शर्मा खड़ा था और सिर खुजला रहा था।

"क्या है?"

"चार चिकन बोला?"

"हां।"

"ममी और मैडम का सिस्टर तो इधर ही खाना मांगता।"

"अरे तो बोलो, एक नोट और मांगता।" राव ने एक नोट और निकाला।

शर्मा ने जल्दी से एक पैग डाला और पानी मिलाए बिना कंठ के नीचे उतारा, इस विचार से कि जब वह लौटे तो व्हिस्की न बचे। मोहन ने जो पैकेट सिगरेट के रखे थे, उनमें से एक उठाया और अभी आया कहकर चला गया।

"बेबी, अधिक न पीना।"

"ममी, चिंता न करो। मैं सिर्फ एक पैग पिऊंगी।" मैडम ने सिगरेट का कश लिया।

अरुण ने उसको देखा। साफ लगता था कि वह सिगरेट के मामले में अनाड़ी थी।

"मिस्टर राव, फिर बेबी के लिए कुछ करो।"

"जरूर करेगा। मैडम तुम्हारा पब्लिसिटी कौन बंडल करता है?"

"शर्मा।"

"इसको कौन जानता है?"

"इसीलिए तो मैं आपसे कह रही हूं।"

"अभी कितना पिक्चर है?"

"दो है।"

"बी कलास?"

"और क्या करें! अभी यह फ्लैट का चार सौ रुपया मासिक किराया है। फिर टैक्सी। कपड़ा। मेकअप।"

"वह तो जरूरी है। साला किसी अच्छे स्टार से इश्क करने को मांगता। और हर मैगजीन में उल्टा-सीधा खबर छापने को मांगता।" राव ने कहा।

मोहन अपने और राव के गिलास में व्हिस्की डाल रहा था।

"अरुण सेठ! तुम क्या करता है?"

"मैंने काफी पी ली है।"

"बाटल तो अभी खुला है!" राव बोला।

"और मैं सात बजे से पी रहा हूं।"

"वह तो खत्म हो गया। अभी फिर से शुरू करो।"

"करता है।" कहकर अरुण ने हल्का-सा घूंट लिया।

"हां तो मैडम, तुम को डांस आता?"

"थोड़ा-सा।"

"अभी कैसा रोल करने को मांगता?"

"जैसा भी मिले।"

"फिर नहीं चलेगा। हालीवुड की कौन-सी हीरोइन की नकल कर सकता है?"

"कोई खास नहीं।"

"अभी फिल्म लगा है। इसको हर रोज देखो। इसमें सोलह वर्ष का छोकरी बहुत अच्छा काम किया है।"

"ठीक है।"

"देखो, अभी इंडस्ट्री मधुबाला, मीना कुमारी और नूतन नहीं मांगता है। साला स्टूरी किधर है। अभी जो हम हालीवुड का फिल्म बोला है ना, उस हीरोइन की एक्टिंग की नकल करो। दिनभर करो। फिर हम किसी से बोलेगा।"

"मिस्टर राव, आपकी बात कौन नहीं मानता। आप चाहें तो बेबी को सुबह दस फिल्में मिल सकती हैं।" ममी ने कहा।

शर्मा पार्सल उठाकर भीतर आ गया था। वह शायद अब के लिए ही

नहीं बल्कि अगले दो दिन के लिए भी खाना ले आया था। उसने पार्सल मेज पर रखे और किचन से चार प्लेट लाकर इनमें चार तन्दूरी चिकन रख दिए।

"ममी, आप कहां खाएंगी?" शर्मा ने पूछा।

"मैं स्वयं ही ले लेती हूं।" ममी खड़ी हो गई।

अरुण हैरान था कि रात के पौने बारह बजने वाले थे और लोग अभी तक भखे थे। इसलिए कि आज अच्छा खाना मिलेगा।

हीरे, जवाहरात, साड़ियां। कारें, बड़े-बड़े फ्लैट, नौकर चाकर, इनके सपने लेकर मैडम इस नगरी में आई थी।

"लो, शुरू करो।" राव ने अरुण से कहा।

अरुण ने मुर्ग की एक टांग तोड़कर शर्मा की ओर बढ़ा दी।

"जी नहीं, शुक्रिया। मैं अपने लिए मछली लाया हूं।" शर्मा ने कहा।

राव ने हिसाब न मांगा और शर्मा ने हिसाब न दिया। मैडम तो मुर्ग पर इस तरह टूट पड़ी जैसे तीन दिन से भूखी हो।

'तो यह थी चमक-दमक की दुनिया!'

अरुण रो देना चाहता था। लेकिन बीस वर्ष हुए, उसने रोना बन्द कर दिया था।

ममी खाना प्लेटों में डालकर बेडरूम में चली गई थी, शायद मैडम की छोटी बहन भूख से तंग आकर सो गई थी। लेकिन मां की ममता अपनी जगह थी। इस चमक-दमक और पैसे की दुनिया में लाज की कोई कद्र न थी। रोटी की समस्या आज भी जारी थी। औरत तो सदियों से नंगी नचवाई गई थी, और आज भी नाच रही थी। और लोग उसे आर्ट कहते थे।

शर्मा ने गिलास में डबल पैग डाला और कोने में चला गया। उसने अपना खाना प्लेट में डाल लिया।

अरुण धीरे-धीरे खा रहा था। उसने आधा चिकन खाया और बाकी छोड़ दिया।

हर कोई भूखा था। इसलिए बातें बन्द हो गई।

"क्या बात है, तुम खा नहीं रहे हो?" मोहन ने अरुण से पूछा।

"बस, खा लिया।"

"क्या पसन्द नहीं आया?"

"ठीक है।" अरुण ने कहकर सिगरेट सुलगाया।

"एम० एम०, व्हिस्की डालो।" राव बोला, "और अरुण सेठ, तुम गिलास कब खाली करेगा?"

"मेरा विचार है, मैंने काफी पी ली है।"

मैडम ने चिकन खत्म कर दिया था। प्लेट में हड्डियां रह गई थीं।

"आप चाहें तो यह ले सकती हैं।" अरुण ने अपनी प्लेट बढ़ाई।

"जी नहीं। आप खाइए।"

अरुण ने उत्तर न दिया। मोहन गिलास बना रहा था। उतने मैडम के गिलास में भी व्हिस्की डाल दी।

मैडम ने रोका नहीं। फिर वह अरुण के गिलास में व्हिस्की डालने लगा।

"एम० एम०, बस करो।"

"नहीं। अभी रात शुरू हुई है।" मोहन ने कहा।

अरुण चुप रहा।

ममी भी खाना खत्म करके आ गई थी और अपनी जगह पर बैठ गई।

अरुण ने देखा कि बोतल में केवल एक पाव व्हिस्की रह गई थी। राव और मोहन ने भी अपना-अपना चिकन खत्म कर दिया था।

"मिस्टर राव, मेरे जीवन में वह दिन कब आएगा जब मैं भी यूरोप शापिंग करने जाऊंगी?"

"वह दिन बहुत दूर है।" राव ने कहा।

"फिर करीब कैसे आ सकता है?"

"अच्छी पब्लिसिटी, अच्छा डाइरेक्टर, अच्छी कहानी, तुम्हारी योग्यता और मेहनत। और अच्छा हीरो।"

"यह सब कहां से मिलेगा?"

"देखो मैडम! इस इण्डस्ट्री में नहीं बल्कि हर धन्धे में पचास प्रतिशत भाग्य का है। इसके बाद योग्यता, मेहनत और तरीके से। और ठीक लोगों के सहारे की जरूरत है।" राव ने कहा।

"मिस्टर राव, आप सिफारिश करें। आप बेबी की जिन्दगी बना सकते हैं।"

"यह तस्वीर आपकी है?" मोहन ने वह तस्वीर निकाल कर मेज पर रख दी।

"ओह, यह!" मैडम के माथे पर पसीना आ गया

"तुमको कौन बोला था कि यह तस्वीर उतरवाओ और प्रेस को दो?" राव ने कहा।

"शर्मा।" ममी ने कहा।

"यह औरत फोटोग्राफर ने खींची थी या मरद ने?"

"मरद ने।" ममी बोली।

"मैडम की ममी! इस तस्वीर के छपने के बाद कितनी फिल्म मिली?" राव ने प्रश्न किया।

"एक भी नहीं।"

"फिर ऐसा क्यों किया?" अरुण ने धीरे से कहा, "जानती हैं, यह तस्वीर देश के बड़े और छोटे शहर के हर पनवाड़ी और नाई की दुकान पर लगी है। और इसे अब तक करोड़ों लोग देख चुके हैं, और अभी देखेंगे।"

"यह हमारी भूल थी।" ममी बोली।

"तुम इसको भूल बोलता? अभी समझता नहीं कि छोकरी का सारा इमेज खराब हो गया। कौन अच्छा डाइरेक्टर इसको काम देगा? क्या लोग मजाक नहीं उड़ाता?"

ममी ने उत्तर न दिया।

"बोलता क्यों नहीं?"

"मैं तो इसके विरुद्ध थी। मैंने शर्मा को मना भी किया था, लेकिन यह हठ कर रहा था।"

"अब आप मुझे क्यों दोषी ठहराती हैं? आप भी तो पास बैठी थीं।" शर्मा ने कहा। उसके अन्दर व्हिस्की के चार पैग जा चुके थे।

"मैं इसे फाड़ देती हूं।" कहकर मैडम ने तस्वीर फाड़ डाली।

"मैडम! यह एक नहीं छपी थी। अरुण सेठ ठीक बोला। अखा कंट्री में तस्वीर फैल गया है। किधर-किधर जाकर फाड़ेगा? क्या इस बिल्डिंग का लोग गन्दा मजाक नहीं करता?"

"सचमुच बहुत बड़ी भूल हो गई है।" ममी ने कहा।

राव ने गिलास उठाया और होंठों को लगाकर खाली कर दिया।

मोहन ने इसकी नकल की। और खाली गिलास में व्हिस्की डालने लगा।

"अरुण! तुम आवश्यकता से अधिक चुप हो।" मोहन ने मुस्कराकर कहा।

"ऐसी बात नहीं।" अरुण ने थके स्वर में कहा।

"मैं तुम्हें बाईस वर्ष से जानता हूं। तुम जब भी खामोश हो जाते हो तो तुम्हारी खामोशी एक तूफान को सूचित करती है।" मोहन ने कहा।

"तूफान..."अरुण ने मुस्कराकर कहा, "चाय के प्याले में तूफान नहीं आते।"

"राव साहब, क्या हमें फोन नहीं मिल सकता?" मैडम ने चहककर कहा।

"क्या करेगा?"

"फोन बहुत जरूरी है।"

"पहले थोड़ा काम करना मांगता।"

"आप मेरे साथ किसको हीरो ले रहे हैं?" मैडम की सांस अरुण के चेहरे से टकरा रही थी।

"धरमिन्दर को।" अरुण ने धीरे से कहा।

"क्या सचमुच?" मैडम का चेहरा खिल उठा।

"फिर तो मैं एक ही फिल्म के बाद स्टार बन जाऊंगी।"

"फिल्म के बाद क्या, केवल प्रेस में खबर छपने की देर है। और..." राव ने गिलास उठा लिया।

बोतल में डेढ़ पैग के लगभग व्हिस्की पड़ी थी। शर्मा आया और उसने अपने गिलास में डालकर बोतल खाली कर दी।

"डिनर कहां मिलेगा?" मैडम ने कहा।

"जहां आप कहें।" अरुण ने धीरे से कहा।

"तो चलें?"

"एक शर्त पर।" अरुण ने कहा।

"आप हुक्म करें।"

"आपको वही वेश धारण करना पड़ेगा जो इस तस्वीर में पहन रखा था।" अरुण ने कहा।

"ओ नो!" मैडम बोली, "आप मजाक कर रहे हैं।"

अरुण ने उत्तर नहीं दिया।

"क्यों, अभी क्या शर्म आता है? अब इस फोटो के बाद बाकी क्या बचा है? इस फोटो को लाखों-करोड़ों लोगों ने देखा है। अभी तो हम होंगे...कार में होंगे और होटल में कुछ लोग देखेंगे।"

मिस्टर राव, आप मजाक कर रहे हैं।" शर्मा बोला।

"अगर अरुण सेठ ऐसा बोलता है तो ऐसा ही होने को मांगता।"

"मिस्टर राव! भगवान के लिए अब मजाक बन्द कीजिए, आप बेबी को ले जाना चाहते हैं तो ले जा सकते हैं।" ममी बोली।

"लेकिन जैसे अरुण सेठ ऐसा बोलता है तो ऐसा ही होने को मांगता।"

"मिस्टर राव! आप बहुत सीनियर हैं। लेकिन आप शायद बहुत पी गए हैं।" शर्मा ने कहा।

अरुण ने शर्मा को देखा और हाथों की उंगलियां चटखाईं। मोहन संभल गया।

"अरुण, प्लीज!" मोहन बोला। वह जानता था कि अरुण अब हाथ के एक ही वार से शर्मा की गर्दन तोड़ देगा।

अरुण ने उत्तर न दिया।

"मेरा विचार है, चलें।" कहकर मोहन खड़ा हो गया। उसने अरुण को देखा। वह अभी तक शर्मा को घूर रहा था। अब उसके खुले हाथ बन्द हो गए थे। "अरुण!"

अरुण ने जवाब न दिया।

"ए..." मोहन उसके पास आ गया, "बात खत्म हो गई। हम जा रहे हैं। चलो राव..."

"ओके एम० एम० ..." राव यह कहकर खड़ा हो गया।

"मैं भी तैयार हूं।" कहकर मैडम खड़ी हो गई।

अरुण अभी तक बैठा हुआ था।

"अरुण, प्लीज!" मोहन ने कहा।

"हूं।" अरुण ने गहरा श्वास लिया और खड़ा हो गया।

"मैं साथ चलता हूं।" शर्मा ने कहा।

"नहीं।" अरुण ने ऊंचे स्वर में कहा।

"लेकिन...लेकिन..." शर्मा ने कुछ कहना चाहा।

"शट अप!" राव बोला, "तुम समझता है कि तुम हमसे बेहतर सेक्रेटरी है?"

"ठीक है मिस्टर राव! आप बेबी को ले जाएं।" ममी ने कहा।

"तुम चिन्ता न करो मैडम की मैडम! तुम्हारा बेबी कहीं गुम नहीं होगा।" कहकर वह दरवाजे की ओर बढ़ा।

मोहन और अरुण भी बढ़े। और उनके साथ मैडम भी।

"मिस्टर राव! बेबी को छोड़ जाना।" ममी बोली।

"चिन्ता न करो।"

वे चारों फ्लैट से निकल गए। जीने उतरकर वे सड़क पर आए, जहां कार खड़ी थी। राव ने जेब से चाबी निकालकर कार का एक दरवाजा खोला फिर सारे दरवाजे खुल गए।

"एम० एम०, तुम हमारे साथ आगे बैठो। और मैडम अरुण सेठ के साथ पिछली सीट पर।" राव बोला।

हर कोई अपनी-अपनी जगह बैठ गया।

राव ने कार स्टार्ट करने से पहले पूछा, "अरुण सेठ, कैसा खाना मांगता?"

"मिस्टर राव! हर हीरोइन और स्टार चीनी खाना खाता है। मैंने आज तक नहीं खाया।" मैडम ने कहा।

"जानती हो, चौपस्टिक क्या होता है?" अरुण ने पूछा।

"जी नहीं।"

"तो आज इंडियन ही खालो।" अरुण ने कहा।

"अरुण सेठ! फिर बोलो।"

"कहीं भी चलो। लेकिन यहां से निकल चलो।" अरुण ने उत्तर दिया।

"यस राव! जुहू चलो।" मोहन ने कहा।

"बरोबर।" कहकर राव ने कार स्टार्ट कर दी और वह दौड़ने लगी।

दो मिनट खामोशी रही, जिसे मोहन ने तोड़ा।

"अरुण!"

"हूं?"

"अभी गर्मी खत्म नहीं हुई?"

"तुम जानते हो, जुडो में हाथ की चोट से गर्दन कैसे तोड़ते है?"

"मैं जानता हूं। इसीलिए ले आया हूं।" मोहन ने हंसकर कहा।

"व्हिस्की मिलेगी?" अरुण बोला।

"अखा रात।" राव ने कहा।

अरुण ने सिगरेट सुलगाया।

"मुझे भी एक दोजिए।" मैडम बोली।

अरुण ने पैकेट और माचिस बढ़ा दी। उसका शरीर अरुण के शरीर से जुड़ा हुआ था।

"राव!" मोहन बोला।

"यस?"

"कोई जोक हो जाए।"

"जरूर।" कहकर राव ने एक बहुत ही अश्लील लतीफा सुनाया।

सब हंस पड़े। मैडम का हंसी से बुरा हाल था। वह अरुण की गोद में गिर पड़ी। अरुण ने उसे सहारा देकर ठीक तरह बिठा दिया।

जब तक होटल न आया, राव लतीफे सुनाता रहा।

आखिर फाइव स्टार होटल आ गया। राव ने कार पार्क की। वे नीचे उतरे।

इधर बॉस का एक सुइट है। हम देखेगा कि वह खाली है या नहीं। मेरा विचार है, बाथरूम में बैठना ठीक नहीं। यदि सुइट खाली न हुआ तो हम कमरा किराये पर ले लेंगे। इधर सब लोग हमको जानता है। सुबह बिल किसी प्रोड्यूसर के नाम बन जाएगा।" राव ने कहा।

वे दरवाजे की ओर बढ़े। मैडम ने अरुण के बाजू में बाजू डाल रखा था।

अरुण को इस सस्ते सेण्ट की महक से वहशत हो रही थी।

दरबान ने दरवाजा खोला। वे मेन हॉल में चले गए। होटल की लाबी में रौनक थी।

अरुण, मैडम और मोहन एक ओर खड़े हो गए।

"यह होटल फिल्म स्टारों और फिल्म इण्डस्ट्री के दूसरे लोगों में बहुत प्रसिद्ध है। क्या एयरकंडीशंड है! मैं पहली बार यहां आई हूं।" मैडम बोले जा रही थी, "अरे फिल्म स्टार मिस...और साथ में...हीरो...बाईगाड, यह जिन्दगी है। मुझे यह जिन्दगी चाहिए।"

"आज की रात तो मिल सकती है।" अरुण ने कहा।

"क्यों? आप मुझे हीरोइन नहीं ले रहे हैं?" मैडम बोली।

"साइड हीरोइन।" अरुण ने कहा।

"एक ही बात है। लेकिन मैं सोच रही हूं कि जब धरमिन्दर साहब के सामने पहली बार कैमरे के आगे जाऊंगी तो डायलॉग भी बोल सकूंगी या नहीं।" मैडम ने कहा।

"घबराओ नहीं। सब ठीक हो जाएगा।"

इतने में राव आ गया। उसके हाथ में सुइट की चाबी थी।

"आओ।"

वे लिफ्ट की ओर बढ़े।

जब लिफ्ट में दाखिल हो गए तो मोहन ने कहा, "यदि बॉस आ गया?"

"कोई बात नहीं। उसे पता चलेगा, मैं दोस्तों को दावत दे रहा हूं तो दूसरा सुइट ले लेगा। फिर बॉस इस समय नहों आता। वह आज के नये हीरो की तरह रात के तीन बजे घर नहीं जाता।"

लिफ्ट रुक गई थी। वे बाहर निकले।

सुइट का दरवाजा खोलकर वे भीतर चले गए।

"ओह भगवान! ऐसा लगता है, जैसे हम स्वर्ग में आ गए हैं!" मैडम बोली।

"अरुण सेठ! एयर कंडीशंड मांगता या समुद्र का हवा?" राव ने प्रश्न किया।

"समुद्र की हवा।"

राव दीवार की ओर बढ़ा। उसने एक बटन दबाया और दीवार पर छाया हुआ पर्दा हट गया। दूसरा बटन दबाया और शीशे के दरवाजे गायब हो गए।

बाहर से सागर की ताजा हवा आई और उसके साथ ही लहरों का संगीत। मैडम उधर बढ़ी। उसने खड़े होकर सागर को देखा।

"यह सब स्वप्न है।" वह बोल उठी।

किसीने दरवाजे पर दस्तक दी।

"आ जाओ।" राव चिल्लाया।

वेटर व्हिस्की की बोतल, सोडे और गिलास लेकर आ गया था। उसने मेज पर चुन दिए और आदर के साथ खड़ा हो गया।

"खाने के लिए सर?" वेटर ने कहा।

"अरुण सेठ, बोलो।"

"कुछ नहीं। मैं केवल एक पैग पिऊंगा फिर डिनर खाएंगे।" अरुण ने कहा।

वेटर चला गया।

"क्या कालीन है!" कहकर मैडम ने सैण्डल उतार दिए और नंगे पांव कालीन पर नाचने लगी।

सब बैठ गए थे। मोहन व्हिस्की डाल रहा था, और मैडम कालीन पर चल रही थी और आईने में स्वयं को देख रही थी।

"यहां सोते कहां हैं?" मैडम ने कहा।

"तीन कमरे हैं। यह गेस्टरूम है। दूसरा कांफ्रेन्स रूम और तीसरा बेडरूम।"

"मैं देख सकती हूं?"

"जरूर।"

वह पांच मिनट बाद लौटी। तीनों व्हिस्की पी रहे थे और उसका गिलास पड़ा हुआ था।

"यह तो स्वर्ग है। क्या फर्नीचर है! क्या बेडरूम है! हर कमरे में फोन और बाथरूम का तो जवाब ही नहीं। मिस्टर राव इसका क्या किराया होगा?"

"चार सौ रुपया रोज।"

"और...कुमार साहब ने स्थायी रूप से रखा हुआ है?"

"हां।"

"रोज आते हैं?"

"महीने में दो या तीन बार।"

"और दिन में खाली रहता है।"

"जरूरत पड़े तो स्टोरी सैशन होता है।"

"मेरे जीवन में यह दिन कब आएगा?"

"अभी कहां हो?"

"यह तो कुछ घण्टों के लिए है।"

"तो व्हिस्की पियो।"

"थोड़ी-सी पिऊंगी। मैंने दो पैग पी रखे हैं।" गैडम ने कहा।

"चलेगा। राव ने कहा।

"मिस्टर राव, अरुण सेठ जो फिल्म बना रहे हैं, उसका डाइरेक्टर कौन है?" मैडम ने कहा।

"अभी बोर मत करो।" राव ने डांटा।

"मैं सिर्फ एक पैग पिऊंगा।" अरुण ने कहा।

"मेरा विचार है, डिनर का आर्डर दे दो।"।

"जैसा बोलता है।" कहकर राव ने फोन उठाया, "अभी क्या खाने को मांगता है?"

"कुछ भी चलेगा।"

"वह तो हम जानता। अरुण सेठ, तुमको अपनी सेहत का बहुत ख्याल है। थोड़ा पीता है, अधिक खाता है।" और राव ने आर्डर लिखवाना शुरू कर दिया। आर्डर लिखवाकर उसने फोन बन्द कर दिया। "दस मिनट।"

"ठीक है।" अरुण ने कहा और गिलास उठाकर आधा खाली कर दिया। गिलास रखकर उसने सिगरेट का पैकेट निकाला।

"मुझे भी दीजिए।" मैडम ने कहा।

अरुण ने पैकेट बढ़ाया।

"ए छोकरी,थोड़ा व्हिस्कीपियो और थोड़ी सिगरेट पियो। अभी तुम्हारी

उम्र ही क्या है? अभी कमाया ही क्या है?"

"अब आपसे भेंट हो गई। अब तो मैं सपनों की दुनिया में जिन्दा रहना चाहती हूं। यह कालीन। यह फर्नीचर। यह रात। यह वातावरण। सागर की लहरों की आवाज, जैसे गा रही हो!"

"साली बहक गई।" राव बोला।

"नहीं मिस्टर राव! यही सपना लेकर तो मैं यहां आई हूं।"

"न मालूम कितनी लड़कियां और लड़के सपना लेकर आते हैं। और एक दिन रेल का भाड़ा मांगकर या बिना टिकट अपने शहर लौट जाते हैं।" राव ने कहा।

"आप मुझे उस वेश में देखना चाहते थे जो उस तस्वीर में मैंने पहन रखा था। क्या वह पहन लूं?" मैडम ने कहा।

"हमारे को नहीं मांगता। अरुण सेठ को डिनर के बाद बेडरूम में दिखाना। हमारे को व्हिस्की मांगता है।" राव ने कहा।

"मैं तो चाहती हूं, इस लिबास में इस कालीन पर लेट जाऊं।" मैडम ने कहा।

"क्या बेडरूम में पलंग ठीक नहीं?" राव ने पूछा।

"ओ वो। वहां मैं एक मिनट के लिए लेटी थी, और उठना ही न चाहती थी।"

"तो आधा घंटा ठहर जाओ। डिनर खा लो। फिर जाकर लेट जाना और सुबह तक न उठना।"

"प्रीमियर के बाद शर्टन में पार्टी है?" मैडम ने पूछा।

"हां।"

"मैंने पत्रिकाओं में तो बहुत पढ़ा है कि वे पार्टियां तूफान होती हैं, लेकिन अब तक भाग नहीं लिया।"

"परसों दूर नहीं।"

दरवाजे पर दस्तक हुई।

तीन वेटर ट्रेलियों पर डिनर लाए थे। वे दूसरे कमरे में चले गए।

"आओ।" राव ने खड़े होकर कहा, "सूप और डिनर अभी गर्म है।"

सब अपना-अपना गिलास लेकर चले गए।

डाइनिंग टेबल आठ व्यक्तियों के लिए था। वे बैठ गए और नैपकिन खोलना शुरू कर दिया।

सूप की महक उनके नथुनों में घुस रही थी और डिनर शुरू हो गया।

बातें हो रही थीं। राव ही बोले जा रहा था और मैडम डाइनिंग टेबल के मैनर्स न जानती थी।

"यह कटलरी चांदी की है?" मैडम ने कहा।

"हां।"

"क्या क्रॉकरी है!"

"अभी थोड़ा बोलो और अधिक खाओ।" राव ने उसे ज़ुबान बन्द करने को कहा।

राव बोलता रहा।

बीस मिनट में खाना समाप्त हो गया।

"कॉफी सर?" एक वेटर ने सवाल किया।

"नो।" राव ने कहा।

"नहीं।" मोहन ने कहा।

"नहीं" अरुण ने कहा।

"मैं भी नहीं।" मैडम बोली।

"आइसक्रीम सर?"

सबने इनकार कर दिया, लेकिन मैडम बोली, "मैं खाऊंगी।

"तुम्हारे बेडरूम में पहुंच जाएगी।" कहकर राव खड़ा हो गया। उसके साथ ही सब खड़े हो गए। वे पहले कमरे में आ गए।

पांच मिनट में वेटर खाली बर्तन ले गए।

"अभी जाओ। अरुण सेठ को ले जाओ।" राव ने आदेश दिया।

"आइए।" कहकर मैडम चल दी।

मोहन ने अरुण को आंख मारी। "जाओ।"

अरुण मुस्कराकर चला गया।

राव और मोहन व्हिस्की पीने लगे।

बेडरूम में मैडम स्वयं को कदे-आदम आईने में देख रही थी।

अरुण सिगरेट का कश ले रहा था। परसों रात वह बानो के यहां था। बानो ने उसके जूते उतारे थे और कहा था कि वह सब कुछ करेगी, और यह सिर्फ अपने बारे में सोच रही थी।

"मैं नाचना चाहती हूं।" मैडम अब निर्वस्त्र थी। "मेरा शरीर कैसा हैं?"

"बहुत अच्छा।" अरुण ने कहा।

"फिर भी काम नहीं मिलता।"

अरुण ने उत्तर न दिया।

"अरुण!" मोहन की आवाज आई।

"यस?"

"मैडम की आइसक्रीम।"

"मैं ले लेती हूं।" कहकर वह खुले दरवाजे की ओर बढ़ी। मोहन ने उसको एक नजर देखा। आइसक्रीम बढ़ाई और तेज कदमों से पहले कमरे में लौट गया।

"आप खाइएगा?"

"तुम खाओ।"

"क्या बात है!" मैडम ने आइसक्रीम चखकर कहा।

अरुण के जी में आई कि उसके चेहरे पर पूरे जोर से एक थप्पड़ जड़ दे। लेकिन वह इस विचार से रुक गया कि उसके थप्पड़ का निशान उसके गालों से पांच दिन तक न जाएगा और परसों उसे प्रीमियर पर जाना था।

किसने कहा था—बानो ने, राव ने, या मोहन ने कि यह लड़कियां सेक्सपाट कहलाती हैं और सेक्स के बारे में ए-बी भी नहीं जानती हैं।

वह जिस तरीके से आइसक्रीम खा रही थी, अरुण ने देखा और उसे अब तरस आ गया। यह दुनिया क्या बन रही थी! इन फिल्मों ने इस देश के नवयुवक और नवयुवतियों को क्या बना डाला था!

क्या सीता, सावित्री और पद्मिनी इसी देश में पैदा हुई थीं? यह सब कुछ तो महाराजा और नवाबों के महलों में होता था।

"मैंने जीवन में पहली बार चांदी की कटलरी में खाना खाया है।" मैडम

ने आइसक्रीम खत्म करके कहा।

"परसों भी यही होगा।"

"काश, यह रात कभी खत्म न हो!"

और रात खत्म होने के लिए शुरू हो गई।

एक घण्टे बाद वे बाहर आए।

"मैं जल्दी में अपना पर्स लाना भी भूल गई। मेरी लिपस्टिक और मेकअप भी उतर गया है।"

"कल सुबह नया लगा लेना।" राव ने कहा।

"अरुण! क्या प्रोग्राम है?"

"घर।"

"ठीक है।" राव ने कहा, "छोकरी को इसके घर उतार देंगे लेकिन तुम टैक्सी में क्यों नहीं चली जाती हो?"

"मिस्टर राव, मेरा सपना मत तोड़िए। मैं कार में जाना चाहती हूं।" मैडम ने मासूम बच्ची की तरह कहा।

"ओके। यह पैग खत्म कर लें।"

अरुण ने देखा, बोतल लगभग खाली हो गई थी। राव ने सारे कमरे की रोशनियां बन्द कीं। सुइट को ताला लगाया। लिफ्ट के द्वारा वे नीचे उतरे। चाबी काउंटर पर दी और जाकर कार में बैठ गए।

अरुण ने देखा कि आज राव की दशा परसों से भी बुरी थी।

"मैं कार चलाऊं?" अरुण ने कहा।

"क्यों अरुण सेठ, तुम समझता है, हम एक्सीडेंट कर देगा? अभी तो नोटांक पीने का है।" राव ने कहा।

"मोहन, वह नहीं चलेगा।" अरुण ने कहा।

"अरुण, सिर्फ एक।" मोहन ने कहा।

"एक बूंद भी नहीं।" अरुण की आवाज में रोब था।

मोहन चुप रहा।

मैडम नशे या नींद से बेसुध हो रही थी और उसका सिर अरुण के कन्धे पर था।

"परसों रात हम शर्टन में होंगे।" वह अपने-आपसे कह रही थी।

राव बोलने की कोशिश करता था लेकिन आधी बात कहकर भूल जाता था।

आखिर मैडम का घर आ गया।

"छोकरी! अब गुड नाइट हो जाओ।"

"हां, गुड नाइट। थैंक्यू अरुण सेठ।" कहकर वह नीचे उतर गई।

राव ने कार बढ़ा दी।

"मिस्टर राव, हम घर जा रहे हैं।" अरुण ने कहा।

"नोटांक नहीं चलेगा?"

"बिलकुल नहीं।"

"तो ठीक है। लेकिन एम० एम० कैसे सोएगा?"

"हम सुला देगा..." अरुण ने कहा।

बातें बेतुकी हो रही थीं। व्हिस्की आखिर व्हिस्की थी। और न मालूम ये दोनों कितनी पी गए थे।

घर आ गया।

मोहन और अरुण उतर गए। राव गुड नाइट कहकर कार निकालकर ले गया।

मोहन चल न सकता था। अरुण ने उसे सहारा दिया, और उससे चाबी लेकर फ्लैट का दरवाजा खोला। भीतर गए और अरुण ने रोशनी कर दी।

कीर्ति के बेडरूम में रोशनी थी। वह कार की आवाज सुनकर दरवाजे में आ गई थी। मोहन की हालत देखकर वह तेजी से आगे बढ़ी।

"कितनी पी है?" कीर्ति ने पूछा।

"भाभी! आप चिन्ता न करें।" कहकर अरुण उसे बच्चे की तरह बेडरूम में ले गया और उसे पलंग पर लिटा दिया।

"मैं संभाल लूंगी।" कीर्ति ने कहा, "आंटी के यहां तो नहीं गए थे?"

"भाभी! सूंघ लीजिए। मैंने वायदा किया था।"

"साढ़े तीन बजे हैं।" कीर्ति ने कहा।

"मैं माफी चाहता हूं।

"इसकी जरूरत नहीं। आप आराम करें। मैं इन्हें संभाल लूंगी।"

"अच्छा भाभी? गुड नाइट।"

"गुड नाइट।" कीर्ति ने कहा।

अरुण अपने बेडरूम में चला गया।

आठ

प्रातः अरुण ने करवट बदली तो उसकी आंख खुल गई। उसने तकिये के करीब पड़ी घड़ी उठाकर देखी, साढ़े नौ बजे थे। मोहन दफ्तर चला गया होगा। यह सोचकर वह फिर सो गया।

दूसरी बार आंख खुली तो उसने घड़ी देखी। इस बार साढ़े दस बजे थे।

'अब उठ जाओ।' उसने मन ही मन कहा, और उठकर बैठ गया। उसने अंगड़ाई ली और शरीर को झंझोड़ा। उसे अनुभव हुआ कि रात वह अधिक पी गया था। शरीर पर कुर्ता और लुंगी थे।

वह उठकर हॉल में चला गया। नौकरानी फर्श साफ कर रही थी। अरुण ने सिगरेट सुलगाया और जाकर रसोई में झांका। कीर्ति कुछ पका रही थी।

"मार्निंग!" अरुण ने मुस्कराकर कहा।

"मार्निंग। आज तो बहुत देर तक सोए।" कीर्ति ने मुस्कराहट का जवाब मुस्कराहट से दिया, "कॉफी दूं या चाय?"

"कॉफी।"

"दो मिनट में तैयार हो जाती है।"

"मैं बीट कर दूं?"

"आप बीट करके पीना चाहते हैं?"

"तो वही बन जाएगी।"

अरुण वहां से हटकर बाथरूम चला गया। लौटा तो कॉफी का प्याला पड़ा था और कीर्ति प्रतीक्षा कर रही थी। अरुण डाइनिंग टेबल पर बैठ गया।

"मोहन दफ्तर चला गया?"

"जी हां।"

"तबीयत ठीक थी?"

"जैसी होना चाहिए थी। वैसे मैं शुक्रिया अदा करती हूं।"

"किस बात का?"

"आपने चिट्टा नहीं पीने दिया।"

"वह मैंने वायदा किया था लेकिन उसने कसर पूरी कर दी। इतनी जल्दी तैयार कैसे हो जाता है?"

"एक पैग और कुछ गोलियां।" कीर्ति ने कहा। "आप भी तो बराबर पीते होंगे। फिर आपकी रात ऐसी हालत क्यों नहीं थी?"

"इसलिए कि मैं बम्बई में नहीं रहता।" अरुण ने मुस्कराकर कहा और नया सिगरेट सुलगाने लगा।

"रात कहां गए थे?"

"जुहू।"

"किसी होटल में?"

"और कहां जाना था?"

"साथ में कौन था?"

"राव।"

"और?"

"अब भाभी, आप सब समझती हैं। फिर क्यों खोलकर पूछना चाहती हैं? आप जानती हैं कि मैं अविवाहित हूं।" कहकर अरुण खड़ा हो गया, "मैं बाथरूम हो आऊं।"

"ब्रेकफास्ट में क्या लेना है?"

"जो आपने बनाया है। आप मुझे मेहमान क्यों समझती हैं?"

"आलू के परांठे बना दूं?"

"ठीक है।" कहकर अरुण बाथरूम में चला गया। शेव और स्नान के बाद कपड़े पहनकर हॉल में आ गया।

क्रॉकरी लगी हुई थी। कीर्ति प्रतीक्षा कर रही थी।

"बना दूं?"

"जरूर।'

कीर्ति उठकर चली गई। अरुण ने अखबार उठा लिया। सिगरेट होंठों में था।

कीर्ति पहला परांठा लाई, और प्लेट में रख दिया।

"दही इस डोंगे में है।"

"हूं।" कहकर अरुण ने दही डिश में डाल दिया। और सिगरेट बुझा दिया। "भाभी, केवल दो परांठे बनाइएगा।"

"दो से क्या बनेगा? दिन में भी समय पर लंच मिलता है या नहीं।"

"रात को कसर पूरी कर देता हूं।"

"दूध या लस्सी?"

"लस्सी नमकीन?"

दस मिनट में नाश्ता समाप्त हो गया। इतने में फोन की धंटी बज उठी। कीर्ति उठकर फोन सुनने चली गई।

"हैलो!" कीर्ति ने कहा।

उधर से कोई बोला।

"जी हां, जाग गए हैं। नाश्ता भी कर लिया है।"

फिर उधर से कोई बात हुई।

"अच्छा देती हूं।" कीर्ति ने कहा, "अरुण भैया! आपका फोन।"

अरुण उठकर गया। वह समझ गया कि मोहन का फोन होगा। उसने फोन सम्हाला।

"हैलो डियर!" मोहन की आवाज आई।

"हैलो!"

"नींद ठीक आई?"

"हां"

"रात वह मैडम कैसी थी?"

"ठीक।"

"आज शाम का क्या प्रोग्राम है?"

"अभी सोचा नहीं।"

"खैर, मैं चार बजे घर पहुंच जाऊंगा।"

"बेहतर।"

"गुड लक!"

"तुम कैसे हो?"

"अब ठीक हूं।"

"ओके।" कहकर अरुण ने फोन बन्द कर दिया।

"क्या आज शाम फिर बाहर बिता रहे हैं?" कीर्ति ने प्रश्न किया।

"अभी तो कुछ नहीं कहा जा सकता।"

"घर में क्यों नहीं गुजारते?"

"जैसा आप कहें।"

"कल शाम तो प्रीमियर पर जा रहे हैं। फिर पार्टी और मुझे इन पार्टियों से वहशत होती है।"

"मैं साथ हूंगा तो आप बोर न होंगी।" अरुण ने मुस्कराकर कहा।

"वहां शराब पानी की तरह बह रही होगी। और ये फिल्मस्टार पीकर बहकते हैं। बेहूदा हरकतें करते हैं।"

"मैं इनसे अधिक बेहूदा हरकतें कर सकता हूं।" अरुण ने मुस्कराकर कहा।

"अभी लड़ना-झगड़ना बन्द नहीं किया?"

"वह कैसे कर सकता हूं?"

"शाम को कितने बजे आ जाइएगा?"

"आप कहीं जाना चाहती हैं?"

कीर्ति चुप रही।

"मैं समझ गया। एक शाम आपके और दो बच्चों के साथ बिता दूंगा। अच्छा भाभी, अब चलता हूं।"

"कपड़े धुलवाने हों तो देते जाइएगा। जो कल धुले थे, वे पसन्द आए?"

"अच्छे धोती हैं।"

"फिर दे जाइए।"

"हूं।" कहकर वह बेडरूम में चला गया और कपड़े छोड़कर फ्लैट से

निकल गया।

शाम के साढ़े चार बजे मोहन फ्लैट में दाखिल हुआ और उसने पहली बात कही, "अरुण आया?"

"जी नहीं।"

"फोन भी अभी नहीं आया?"

"जी नहीं।"

"उसे मैंने कहा था कि जल्दी आ जाऊंगा। बहुत लापरवाह है। अब मैं बोर हूंगा।"

"कोई बात नहीं। आप वर्दी उतारकर हाथ-मुंह धो लें। मैं चाय तैयार करती हूं।"

"हूं।" मोहन ने थकी आवाज में कहा और बेडरूम में चला गया।

दस मिनट बाद वह हॉल कमरे में आ गया।

"चाय तैयार है।" कीर्ति ने कहा।

"और वह कहां है?"

"आ जाएंगे।"

बच्चे बातें कर रहे थे, लेकिन मोहन का दिमाग कहीं और था। वह बार-बार घड़ी देख रहा था।

जब साढ़े छः बज गए तो मोहन झल्लाकर उठा और उसने कैबिनेट से हाफ निकाला।

"क्या प्रतीक्षा नहीं करेंगे?" कीर्ति ने कहा।

"इसी प्रतीक्षा से तो वहशत हो रही है। कहां चला गया है?"

"कोई मिल गया होगा।"

"कम से कम फोन ही कर देता।"

"आप इतने परेशान क्यों हैं? वह बच्चे तो नहीं, जो इस शहर में गुम हो जाएंगे।"

"सुबह अतीत की बातें तो नहीं की?"

"जी नहीं।"

"फिर कहां चला गया?" कहकर मोहन ने गिलास खाली कर दिया।

नौ

इधर अरुण शाम के ठीक साढ़े छः बजे जुहू के एक फाइव स्टार होटल में दाखिल हुआ। टैक्सी का बिल चुकाया। वह काउंटर पर गया।

"यस सर!" काउंटर पर खड़े लड़के ने पूछा।

"मैं मिस्टर अमर से मिलना चाहता हूं।"

"आपकी अप्वाइंटमेंट है?"

"उसे कहो, अरुण आया है।" अरुण ने रोबदार स्वर में कहा।

"यस सर!" कहकर उसने फोन उठाया और एक्सचेंज से बात की। "रूम-नम्बर..."

नम्बर मिल गया।

"मिस्टर अमर?"

"बोल रहा हूं।"

"सर, मिस्टर अरुण आए हैं।"

"उन्हें भेज दो।"

"यस सर!" कहकर उसने फोन रख दिया।

"सर, आप नम्बर...में चले जाएं।"

"लिफ्ट किधर है?"

"वह सामने सर!"

"ठीक है।" कहकर अरुण बढ़ गया।

उसे कमरा तलाश करने में कठिनाई न हुई। उसने दरवाजे पर दस्तक दी।

दरवाजा अमर ने ही खोला।

"आओ।"

अरुण भीतर चला गया। कमरे में अमर के अतिरिक्त तीन आदमी और थे। वह एक पलंग के गिर्द बैठे थे और हर किसी के आगे व्हिस्की का गिलास था। पलंग पर एक सत्रह-अठारह वर्ष की बहुत ही सुन्दर लड़की बिलकुल नग्नावस्था में लेटी हुई थी। उसके शरीर पर ताश की गड्डी पड़ी हुई थी, और कुछ पत्ते बिखरे हुए थे।

अमर ने उसे सबसे मिलाया। सबने सरसरी तौर पर हैलो कहा।

"बैठ जाओ।" अमर ने खाली कुर्सी की ओर संकेत किया। "मैं तुम्हारे लिए व्हिस्की का गिलास बनाता हूं।"

अरुण ने सिगरेट सुलगाया।

कमरा सिगरेटों के धुएं से भरा हुआ था। और उसे एयरकंडीशंड कमरे में भी घुटन अनुभव हो रही थी।

अमर ने गिलास दिया।

"मैं जरा यह बाजी खत्म कर लूं।" अमर ने कहा, "जो खाना है, वह टेलीफोन पर कह दो।"

अमर ने गिलास दिया।

"तुम जारी रखो?" अरुण ने कहा और गिलास उठाकर होंठों को लगाया।

"रमी खेलोगे?" अमर ने कहा।

"क्या प्वाइंट है।" अरुण ने प्रश्न किया।

"एक रुपया।"

अरुण चुप रहा।

बाजी शुरू हो गई।

इतने में लड़की थोड़ा हिली।

"हिलो नहीं।" एक बोला, "ताश की गड्डी गिर जाएगी।" खेल जारी रहा।

आखिर बाजी खत्म हो गई। नम्बर गिने गए। और सौ-सौ के नोट हाथ बदलने लगे। बाजी अमर ने जीती थी।

"अरुण, तुम तो बहुत लकी हो।" अमर ने मुस्कराकर कहा और ताश समेटकर फेंटने लगा, "तुम्हारे पत्ते बांटूं?"

"नहीं। तुम जानते हो, मुझे इसका शौक नहीं।"

"बस एक बाजी और खेल लूं। फिर तुम्हारे साथ बात करूंगा।"

"तुम जारी रखो।"

दस मिनट, बीस मिनट, आधा घंटा। एक के बाद दूसरी बाजी चलती

रही। अमर जीते जा रहा था। वह बोला, "व्हिस्की खत्म हो जाए तो आर्डर कर देना स्काच का। जो ब्रांड चाहो, मिल जाएगा।"

"कोई बात नहीं।" अरुण ने कहा।

इतने में लड़की के शरीर ने करवट ली।

"तुम्हें बोला, हिलो नहीं।" एक चिल्लाया।

"कैसे न हिलूं?" लड़की ने चिल्लाकर कहा, "ताश उठाओ। मैं तुम्हारी टेवल नहीं हूं। मुझे बाथरूम जाना है।"

"और काम नहीं आता? थोड़ी देर ठहरो। यह बाजी खत्म हो जाए, फिर जाना।" अमर ने डांट दिया।

दस मिनट में बाजी खत्म हो गई। लड़की उठकर बैठ गई और बाथरूम चली गई।

"खाने के लिए आर्डर दिया?" अमर ने कहा। वह ताश के पत्ते फेंट रहा था।

"तुम खेलते रहो।"

"बोर तो नहीं हो रहे?"

"नहीं।" हालांकि अरुण रो देना चाहता था कि वह कहां आ फंसा था।

लड़की बाथरूम से आ गई।

"व्हस्की कहां है?" उसने कहा।

"इधर पड़ी है। और पैग पीकर लेट जाओ।"

"मैं पैग पीकर जा रही हूं।"

"तुम्हें चार सौ रुपये दिए हैं।"

"मैं टेबल बनने नहीं आई हूं। तुम सब हीजड़े हो।" उसने काफी पी रखी थी।

"भूख लगी है?" एक बोला।

"मैं चार बजे से झक मार रही हूं।"

"घबराओ नहीं, अरुण आ गया है। यह तुम्हारी सेहत ठीक कर देगा।" दूसरे ने कहा, "अरुण आ गया है। अरुण, उसे दूसरे कमरे में ले जाओ।"

"मैं यहीं ठीक हूं।"

"एक बाजी खत्म कर दूं फिर बातें करेंगे। कितने वर्ष के बाद मिले हो!" वह पत्ते उठा रहा था।

"तुम बोर हो रहे हो?" लड़की ने अरुण से पूछा।

"नहीं।"

"लेकिन मैं बोर हो रही हूं।"

"मुझे खेद है।"

"इस व्हिस्की ने शरीर में आग लगा दी है।"

"अरुण, थोड़ा पानी डाल दो।" अमर ने मुस्कराकर कहा।

अरुण चुप रहा।

"इधर जो बोर हो रहे हो, दूसरे कमरे में क्यों नहीं चलते? ये केवल ताश खेल सकते हैं।"

"मैं सेवा-समिति में काम नहीं करता।"

"तो क्या करते हो?"

"अभी तो व्हिस्की पी रहा हूं।"

"कोला क्यों नहीं पीते?" लड़की ने चिढ़ाया।

"अरुण, इसे दूसरे कमरे में ले जाओ।" अमर ने कहा।

"यह क्या ले जाएगा? यह भी..." लड़की ने कहा।

अरुण ने लड़की की कलाई पकड़ ली।

"ओह भगवान! हाथ है या लोहा? छोड़ो-छोड़ो, वरना कलाई टूट जाएगी।" लड़की ने उत्तेजित किया।

अरुण को क्रोध आ गया।

थोड़ा व्हिस्की का भी असर हो गया था। उसने उसे यूं उठा लिया, जैसे लोग गिलास उठाते हैं और दूसरे कमरे में ले जाकर पलंग पर फेंक दिया।

लड़की ने अलसाई आंखों से उसे देखा और मुस्करा दी, "बम्बई में रहते हो?"

"नहीं।"

"कहां से आए हो?"

"दिल्ली से।"

"फिर तो काम के आदमी हो। यहां तो हर मर्द केवल शराब पी सकता है और पीने के बाद नारे लगाता है।" लड़की मुस्करा रही थी।

"मैं ऐसा नहीं।"

"तो साबित कर दो।"

आधे घंटे बाद वे बाहर आए।

"व्हिस्की कहां है?" लड़की ने आते ही कहा।

"पड़ी है।" अमर ने कहा, "अरुण, यह बाजी खत्म कर लूं। बस, यह आखिरी है।"

अरुण ने घड़ी देखी, नौ बजने वाले थे। शाम तबाह हो गई थी। अचानक उसे विचार आया कि मोहन उसकी प्रतीक्षा कर रहा होगा। उसने फोन उठाया और घर का नम्बर मांगा। फोन कीर्ति ने उठाया।

"हैलो!" कीर्ति की आवाज आई।

"नमस्कार!"

"नमस्कार! आप कहां से बोल रहे हैं?"

"एम० एम० आ गया?"

"आ गए। वह साढ़े चार बजे से आपकी प्रतीक्षा कर रहे हैं। लीजिए, बात कीजिए।"

"अरुण?"

"हैलो, डियर!"

"डियर के बच्चे, मैं यहां झक मार रहा हूं। और तुम कहां हो?" मोहन ने गुस्से में कहा।

"मैं दस मिनट में घर पहुंच रहा हूं। भाभी से कहना, मैं खाना खाऊंगा।"

"लेकिन हो कहां?"

"मैं आ रहा हूं।" अरुण ने फोन बन्द कर दिया।

"अरुण, तुम जा रहे हो? बस, यह अन्तिम बाजी है।" अमर ने कहा।

"मैं कल सुबह का नाश्ता तुम्हारे साथ करूंगा।"

"यार, तुम बुरा मान गए।"

"बिल्कुल नहीं।"

"ए, तुम कहां जा रहे हो? अभी तो सारी रात पड़ी है।" लड़की ने कहा।

"थोड़ी आइसक्रीम खा लो।" कहकर अरुण दरवाजे की ओर बढ़ा और दरवाजा खोलकर वह सुइट से ही नहीं, बल्कि होटल से निकल गया।

उसने टैक्सी के लिए अनाउंसर से भी न कहा, बल्कि पैदल ही बाग को पार करके वह टैक्सी स्टैंड पर पहुंच गया। टैक्सी में बैठा। उसने मंजिल बता दी और टैक्सी दौड़ने लगी।

दस मिनट बाद टैक्सी पोर्च में थी। वह उतरा, बिल चुकाया और फ्लैट के दरवाजे पर पहुंच गया। उसने घंटी के बटन पर अंगुली रखनी चाही, लेकिन दरवाजा खुल गया।

"सॉरी!" अरुण ने कहा।

"इस एक शब्द से यह प्रतीक्षा जो तुमने कराई है और इससे जो वहशत हुई है, क्या वे दूर हो जाएंगे?" मोहन ने गुस्से में कहा।

"हैलो भाभी! मेरा गिलास देना।" अरुण ने अनसुना करके कहा।

"कहां था?"

"झक मार रहा था।"

"मुझे क्यों नहीं बुलाया?"

"गलती हो गई।"

"तुम पीकर आए हो, और तुम्हारे होंठों पर लिपस्टिक लगी है।" मोहन ने कहा।

"ओह!" अरुण ने जेब से रूमाल निकाला।

कीर्ति ने देखा और मुस्करा दी।

"अकेले क्यों गए थे?" मोहन का गुस्सा अभी दूर न हुआ था।

"आफिशियल।"

"बको मत!"

"व्हिस्की पियो और पीने दो।" कहकर अरुण ने गिलास उठाया और चिअर्ज कहा।

मोहन ने उत्तर न दिया।

"अभी गुस्सा नहीं उतरा?"

"शाम तबाह कर दी और ऊपर से मुस्करा रहे हो!"

कीर्ति आकर बैठ गई।

"भाभी, बच्चों को खाना दे दिया है?"

"जी हां।" कीर्ति ने कहा, "अरुण भैया! दाल है, सब्जी है, और इसके अतिरिक्त वह एयर लाइंज वाला चिकन है। आपका फोन बहुत देर से आया।"

"कोई बात नहीं भाभी! दाल-सब्जी से बेहतर दुनिया में कोई चीज नहीं।"

"कैसे नहीं? हम रेस्तरां से खाना ले आएंगे।" "मोहन को अवसर मिल गया था।

"क्यों?" कीर्ति ने धीरे से कहा।

"अरुण दाल-सब्जी खाएगा?"

"मुझे कोई आपत्ति नहीं।" अरुण ने कहा।

"सुन लिया?" कीर्ति ने मुस्कराकर कहा।

"नहीं, ऐसा नहीं हो सकता।" मोहन ने हठ पकड़ ली।

"अब आप एक हाफ खाली कर चुके हैं। जब खाने का प्रोग्राम बनेगा तो उस समय तक एक हाफ और खाली हो जाएगा। इसके बाद आप रेस्टोरेंट में खाना लेने जाएंगे और जब तक खाना पार्सल होगा, चिट्टे का अड्डा दूर न होगा।"

"यह तुम हर समय चिट्टे को क्यों कोसती रहती हो?" मोहन ने कहा।

"भाभी ठीक कह रही हैं।" अरुण ने कहा।

"चुप बे! हर मास्टर्स वायस।" मोहन ने झल्लाकर कहा, "पहले शाम तबाह की, अब खाना तबाह कर रहा है!"

"आपको बाहर जाने का बहाना चाहिए।" कीर्ति ने कहा।

"भाभी! आप चिन्ता न करें। मुझे बात करने दीजिए। हां, तो एम० एम०, रेस्टोरेंट का खाना खाना है?"

"हां।"

"जरूर?"

"बिलकुल।"

"तो ठीक है।" अरुण ने कहा, "भाभी, आप यह हाफ उठाकर रख दें। मोहन, तुम यह पैग खत्म करो, इतने में मैं स्नान कर लेता हूं। और खाना लाकर बाकी की पिएंगे।"

"मंजूर।" मोहन खुश हो गया।

"भाभी, मैं दस मिनट में आया।" कहकर अरुण खड़ा हो गया। "इसे और न देना। अधिक से अधिक मेरा पैग पी लेगा।"

"जाकर स्नान कर। तुम्हारे शरीर से बू आ रही है।" मोहन ने चिढ़ाया।

कीर्ति मुस्करा दी। अरुण जा चुका था।

वह आठ मिनट में ही आ गया।

"मैं तैयार हूं।" अरुण ने कहा, "मेरा गिलास कहां है?"

"मैं पी गया।"

"अच्छा किया। अच्छा भाभी, हम आधे घंटे में लोट आएंगे।" अरुण ने कहा।

"मुझे आपपर विश्वास है।"

मोहन बाहर जा चुका था। अरुण भी चला गया।

बाहर निकलकर वे पान वाले के पास गए। मोहन ने अंगुलियों से तीन पान का इशारा किया।

"कहां से आ रहे हो?"

"वह एक पुराना परिचित मिल गया था। जुहू पर एक फाइव स्टार होटल के डाइरेक्टर्ज में से एक है।"

"और लिपस्टिक कैसे मिल गई?"

"बताता हूं।" कहकर अरुण ने सिगरेट सुलगाया।

मोहन ने आगे बढ़कर एक पान लिया और मुंह में रख लिया। शेष दो पान पैक हो गए।

अरुण सारी कहानी सुनाने लगा। कुछ कदम चलने के बाद उन्हें टैक्सी मिल गई। बैठकर मोहन ने किसी रेस्टोरेण्ट का नाम बताया।

अरुण सुनाता रहा। मोहन पान चबाता रहा। रेस्टोरेंट आ गया था।

"टैक्सी छोड़नी है?" अरुण ने प्रश्न किया।

"छोड़ दो।" मोहन ने पीक थूक दी।

वे भीतर गए और खाने का आर्डर दे दिया।

अरुण बाकी कहानी सुनाने लगा।

खाने के पार्सल तैयार हुए। मोहन पर्स न लाया था। इसलिए अरुण ने बिल चुका दिया।

पार्सल दोनों ने उठाए और बाहर आ गए।

"टैक्सी ले लें?" अरुण ने कहा और एक टैक्सी को रुकने का इशारा किया।

वे टैक्सी में बैठ गए।

अरुण ने अपने घर का पता बता दिया।

"नहीं।" मोहन चिल्लाया, "इधर से चलना।" उसने ड्राइवर से कहा।

"मोहन! नोटांक नहीं मिलेगी।"

"कैसे नहीं मिलेगी? यदि तुम मेरी शाम तबाह करके मुझे अकेला छोड़-कर वहां जा सकते हो, तो मैं भी वह करूंगा जो मेरा जी चाहता है। दो दिन तुमने बहुत भाषण दिए हैं।"

"यदि तुमने जिद की तो मुझे दूसरा रास्ता अपनाना पड़ेगा।"

"मैं डरता हूं?"

"तो मैं तुम्हें दो घंटे के लिए सुलाने लगा हूं।"

"अजीब धमकी है।"

"जो जी में आए, कहो। गालियां दो। शोर मचाओ। लोग जमा कर लो। लेकिन आंटी ब्रांड नहीं मिलेगी।"

"और तुम जो चाहो, कर सकते हो?'

"बात यह है कि मैं वहां का वातावरण देखना चाहता था। कल तुम्हें ले चलूंगा।"

"आज क्या हुआ था?"

"गलती हो गई।"

"बकते रहो। मुझपर कोई असर नहीं पड़ेगा। ड्राइवर, दो मिनट के लिए

गाड़ी रोक दो।"

"नहीं।" अरुण ने रोबदार स्वर में कहा।

"सेठ! तुम दोनों दारू पीएला है। हमारे को क्यों परेशान करता है? एक बोलता है, गाड़ी रोक दो। दूसरा बोलता है, गाड़ी चलाओ। पहले फैसला कर लो।" ड्राइवर ने कहा।

"अब तुम तमाशा दिखाना चाहते हो?" अरुण ने कहा।

"तमाशा तुमने मेरा बनाया है।"

"मानता हूं, लेकिन नोटांक नहीं मिलेगी।"

"कैसे नहीं मिलेगी!" मोहन ने उतरना चाहा। अरुण ने उसकी कलाई पकड़ ली। "बैठते हो या नहीं?"

"अजीब बकवास है।" मोहन ने थकी हुई आवाज में कहा।

"खाना ठंडा हो जाएगा।"

"कीर्ति गर्म कर देगी।"

"अब शोर बन्द करो।"

"जहन्नुम में जाओ।"

"अकेला नहीं जाऊंगा।"

"आज क्यों गए थे?"

"कह दिया ना, कल चलेंगे।"

"मैं कल शाम नोटांक की बोतल पीकर घर में दाखिल हूंगा।"

"जरूर।" अरुण ने कहा, "अब घर चलना है या नहीं?"

"जाना पड़ेगा। ताकतवर का सौ एक सौ बीस होता है।" मोहन ने हथियार डाल दिए।

"ड्राइवर, गाड़ी स्टार्ट करो।"

"कहां?"

"जहां मैंने बोला था।"

गाड़ी स्टार्ट हो गई।

"कल शाम तो हम प्रीमियर पर जा रहे हैं।" अरुण ने कहा।

"मैं कहीं नहीं जा रहा हूं। और मुझसे बात मत करो।"

"तो पान मुंह में रख लो।"

"रख लूंगा, तुम्हें क्या कष्ट हो रहा है?"

"मशहूर थी अपनी जिन्दादिली..." अरुण गुनगुनाने लगा।

घर आ गया। वे नीचे उतरे। अरुण ने बिल चुकाया। पार्सल उठाए और फ्लैट में दाखिल हो गए।

मोहन सीधा कैबिनेट की ओर बढ़ा।

कीर्ति ने आंखों के इशारे से प्रश्न किया। अरुण ने गर्दन हिलाकर इनकार कर दिया। कीर्ति मुस्करा दी।

मोहन ने गुस्से में डबल पैग डाला।

अरुण बैठ गया था।

"क्या अकेले ही खत्म करने का इरादा है?"

"हाफ पड़ा है। स्वयं ही डाल लो!" मोहन ने आवेश में कहा।

"तुम्हारा पैग छोटा है। इसे पटियाला पैग बना दूं?" अरुण ने मुस्कराकर कहा।

"बको मत।" मोहन ने सोडा डाले बिना गिलास खाली कर दिया।

"यह क्या हो रहा है?" कीर्ति ने धीरे से कहा।

"गुस्सा उतार रहा है।" अरुण ने मुस्कराकर कहा।

"किसपर?"

"मुझपर।"

मोहन खाली गिलास में व्हिस्की डाल रहा था।

"अभी तो सवा दस बजे हैं।" अरुण ने कहा।

"फिर?" मोहन ने कहा।

"तुम कहते थे, बम्बई में शाम दस बजे शुरू होती है या उतरती है।"

"तुम फाइव स्टार नहीं, सेक्स स्टार होटल जाओ।"

"सामान के साथ?"

"हां।"

"और हांगकांग कब चलना है?"

"नरक में गया हांगकांग।"

"उसे बुला लो। सुना है, नरक में गर्मी बहुत होती है।" अरुण ने मुस्कराकर कहा, "क्या इसे बुलाने के लिए वीजा लेना पड़ेगा?"

मोहन ने उत्तर न दिया।

"हां भाभी और सुनाइए।" अरुण कीर्ति से सम्बोधित हुआ।

"खाना कब खाइएगा?" कीर्ति ने कहा।

"अभी तो रोना होगा। फिर हांगकांग जाना होगा; या इसे नरक से वापस लाना होगा, फिर डिनर खाएंगे।"

खाली व्हिस्की के डबल पैग ने झटका दे दिया था।

"यह फ्राड है! प्रथम दरजे का फ्राड है।"मोहन फूट पड़ा।

अरुण ने सिगरेट का कश लिया और मोहन के चेहरे पर धुआं छोड़ दिया।

"मैं ठीक कहता हूं।" मोहन अब नशे में था, "यह इश्क नहीं करता। यह फ्राड है। बिलकुल फ्राड!" कहकर उसने गिलास खाली कर दिया।

"और डालूं?" अरुण ने हाफ उठाया।

"मैं स्वयं ही डालूंगा।" मोहन ने हाफ छीन लिया।

"तुम्हारी मर्जी।" अरुण ने गहरी सांस ली और कीर्ति को देखकर मन्द-सा मुस्कराया।

जवाब में कीर्ति भी मुस्करा दी।

मोहन ने एक पैग डाला और अरुण ने सोडा डाल दिया, "काफी है।"

"नहीं। गिलास भर दो। सोडे में अधिक नशा होता है।" कहकर वह रोने लगा।

अरुण सिगरेट फूंकता रहा। और कीर्ति खामोश बैठी थी।

पांच मिनट बाद उसने रोना बन्द कर दिया, और आंखें साफ कीं, "तुम फ्राड हो।" मोहन बोला।

"हां।" अरुण ने कहा।

"अकेले क्यों गए थे?"

"अब कितनी बार कहूं कि गलती हो गई।"

"तुम जानते हो कि मैं कितना अकेला हूं। और यह दुनिया मेरी नहीं है।"

"किसी फिल्म का संवाद है?"

"तुम भी कठोर दिल हो।"

"किसी हद तक।"

"लेकिन मुसीबत यह है कि मैं तुम्हें प्यार करता हूं।"

"मेरे साथ भी यही मुसीबत है।" अरुण ने कुछ इस तरह कहा कि मोहन मुस्करा दिया।

कीर्ति के होंठों पर भी मुस्कराहट फैल गई।

"अब व्हिस्की पिएंगे।" मोहन ने कहा।

"गिलास दूसरे ले लें, या इन्हें धो लें।" अरुण ने कहा, "एक काम और भी हो सकता है।"

"क्या?"

"तुम मेरे गिलास ले लो। मैं तुम्हारा गिलास ले लेता हूं। बोल, चलेगा?"

"चलेगा नहीं, दौड़ेगा।"

"हांगकांग तक।" अरुण ने कहा और तीनों खिलखिलाकर हंस पड़े।

व्हिस्की का दौर और बातें जारी रहीं।

सवा ग्यारह बजे कीर्ति ने खाना लगाया। खाने के बाद कीर्ति बर्तन समेटने लगी। मोहन और अरुण बेडरूम में चले गए।

व्हिस्की साथ थी।

और रात के अढ़ाई बजे यदि कीर्ति आकर इन्हें टोकन देती तो सुबह हो जाती।

दस

प्रातः मोहन उठा और दफ्तर जाने की तैयारी करने लगा। अरुण गहरी नींद सो रहा था।

मोहन तैयार होकर डाइनिंग टेबल की ओर बढ़ा कि फोन की घंटी बज उठी। मोहन ने फोन उठाया।

"नम्बर... है।" आवाज आई।

"यस।"

"मिस्टर अरुण...हैं?"

"जी हां। सो रहे हैं। आप कहां से बोल रहे हैं?"

"मैं...हूं। ए० सी० पी० सी० आई० डी।"

"फिर मैं उसे जगा देता हूं।" मोहन ने कहा।

"यदि कष्ट न हो तो!"

मोहन ने फोन रखा और अरुण के बेडरूम में गया। उसने अरुण को झंझोड़कर जगाया।

"क्या है?" अरुण ने नींद-भरी आंखें खोलने की कोशिश की।

".... ए० सी० पी० सी० आई० डी०।"

"ओह!" कहकर अरुण पलग से कूद पड़ा। पाव में चप्पल भी न पहने, और जाकर फोन उठा लिया।

"अरुण स्पीकिंग..."

"मार्निंग!"

"मार्निंग।"

"वह पता यह है।"

"एक मिनट।" अरुण ने कहा। फोन के साथ ही लेटरपैड और डाटपेन थे। उसने पेन उठाया, "हां, बोलो।"

ए० सी० पी० ने पता लिखवाया। और अरुण लिखता रहा।

"थैंक्यू।" अरुण ने कहा।

"नो मैन्शन। लेकिन मिस्टर अरुण! वहां तो कुछ भी न मिलेगा।"

"तुम्हें क्या मालुम?" अरुण ने गहरी सांस ली।

"क्या बोला?"

"कुछ नहीं। थैंक्यू।"

"वेलकम।" ए०सी० पी० ने कहा और फोन बन्द किया। अरुण ने भी फोन बन्द किया। कागज उतारा और तह करके हाथ में पकड़ लिया।

मोहन और कीर्ति चौकस खड़े थे।

"कुशत तो है?" मोहन ने कहा, "सुबह ही सुबह असिस्टेंट कमिश्नर

पुलिस सी० आई० डी०! क्या आज किसीका सर्वनाश कर रहे हो?"

"नहीं।" अरुण ने मुस्कराकर कहा, "यूं ही एक पुराने मित्र का पता नहीं मिल रहा था।"

"ऐसा कौन-सा मित्र है जिसका पता प्राप्त करने के लिए ए०सी० पी० सी० आई० डी० की जरूरत पड़ी?"

"कुछ नहीं डियर! यह मेरे बेकार दिन और बेकार रातें हैं। मैं ड्यूटी पर नहीं हूं।"

"जो लिखा है, वह देख सकता हूं?"

"सॉरी!" कहकर अरुण बेडरूम में चला गया। उसने कागज छिपा दिया और बाथरूम चला गया।

पांच मिनट बाद वह डाइनिंग टेबल पर था। मोहन नाश्ता कर रहा था।

"कॉफी या चाय?" कीर्ति ने पूछा।

"कॉफी भाभी!" अरुण ने कहकर सिगरेट सुलगाया।

"जानते हो, आज शाम प्रीमियर पर जाना है, और उसके बाद शर्टन में शबाब। शराब और हंगामा होगा। आधी इण्डस्ट्री वहां होगी।"

"याद है।"

"तो कितने बजे आ जाओगे?"

"कितने बजे है?"

"समय तो साढ़े छः का है। लेकिन हम यदि वहां सवा छः से पहले पहुंच जाएं तो बेहतर होगा। क्योंकि प्रीमियर पर दर्शकों की नुमाइश होती है, और सिनेमा हॉल के भीतर जाना आसान नहीं होता।" मोहन ने कहा।

"मैं पांच बजे आ जाऊंगा।"

"ठीक है।" कहकर मोहन खड़ा हो गया। "अच्छा, मैं तो दफ्तर जा रहा हूं।"

"शाम को मिलेंगे।" अरुण ने लापरवाही से कहा।

मोहन चला गया।

अरुण कॉफी खत्म करके फिर बाथरूम चला गया और आधे घण्टे बाद नये लिबास में तैयार होकर आ गया।

"नाश्ते में क्या चाहिए?"

"जो है।" अरुण ने कहा।

"परांठे। चने की दाल के। दही और पीने के लिए ताजा संतरे का रस।" कीर्ति ने कहा।

"फिर क्या चाहिए?"

कीर्ति रसोईघर में चली गई। नाश्ता शुरू हो गया। अरुण को नाश्ता देकर वह अपना नाश्ता भी ले आई। अरुण पेपर पढ़ रहा था।

"रात झगड़ा हो गया था?" कीर्ति ने कहा।

"वह तो होना ही था। आप जानती हैं कि शराबी के दिमाग में जो धुन समा जाए, उसे दूर करना सरल नहीं।"

"खैर, मैं कृतज्ञ हूं।"

"किस बात की?"

"आज शाम भी शर्टन की पार्टी के बाद चिट्टा नहीं मिले। और दो रात और न मिले तो यह छोड़ देंगे।"

"भाभी! आपने बड़ा सख्त काम सौंपा है।"

"मैं जानती हूं। और यह भी जानती हूं कि आप ही रोक सकते हैं।"

"रात तो मैं भी कमजोर अनुभव कर रहा था। फिर इसके पास बहाना था।"

"यह लिपस्टिक ने काम बिगाड़ दिया।" कीर्ति ने मुस्कराकर कहा।

अरुण ने सिर झुका लिया।

फिर कोई बात न हुई। अरुण सिगरेट के हल्के कश ले रहा था और अखबार की सुर्खियां पढ़ रहा था। सिगरेट खत्म कर उसने उसे बुझा दिया और खड़ा हो गया।

"अच्छा, भाभी! मैं चलता हूं।"

"कपड़े तो नहीं धुलवाना?"

"दे देता हूं।" कहकर अरुण बेडरूम में चला गया। उसने कपड़े लाकर दिए, "अच्छा, शाम को मिलेंगे।"

"हूं।"

अरुण फ्लैट से निकल गया।

मेन रोड पर आकर वह खाली टैक्सी में बैठ गया। ड्राइवर फ्लैग गिराने लगा। और अरुण ने जेब से कागज निकाला।

ड्राइवर ने गाड़ी स्टार्ट कर दी।

अरुण ने मंजिल बता दी।

बीस मिनट बाद वह मंजिल पर पहुंच गया था। सड़क भी मिल गई थी। अब बिल्डिंग तलाश करना था। उसने टैक्सी रुकवाई और उतरकर एक पान बेचने वाले से पता किया।

दो मिनट बाद वह फिर टैक्सी में था।

"सीधे ही चलो, थोड़ा धीरे।"

टैक्सी रेंगने लगी। अरुण की अकाबी निगाहें बिल्डिंगों का नाम पढ़ रही थीं। जब वह बिल्डिंग आई, जिसकी उसे खोज थी, तो अरुण ने कहा, "बस।"

टैक्सी रुक गई। उतरकर उसने बिल चुकाया।

बिल्डिंग और इलाका मध्यम वर्ग के लिए था। उसे दूसरी मंजिल पर जाना था।

दरवाजे पर नम्बर लिखा था। लेकिन बाहर कोई तख्ती न थी। न ही घंटी का बटन था। उसने दरवाजे पर दस्तक दी।

"कौन?" भीतर से आवाज आई।

"दरवाजा खोलो।" अरुण ने भारी स्वर में कहा।

दरवाजा खुला तो एक घाटन खड़ी थी।

"किसको मांगता?"

"मिस...है?"

"हां। क्या बोलेगा?"

"बोलो, कोई आया है।" अरुण ने कहा और दरवाजा धकेलकर भीतर चला गया।

"ऐसे कैसे घुसता है?"

"जो बोला है, वह करने को मांगता।" अरुण कमरे में था, और कमरे का निरीक्षण कर रहा था। दीवारों पर बड़े साइज की चार तस्वीरें थीं।

सोफा था, जिसका कपड़ा घिस गया था—और दस वर्ष पुराना दिखाई पडता था।

"मालती, कोन है?" बेडरूम से आवाज आई।

अरुण का दिल धड़कने लगा। उसने जेब से रूमाल निकालकर माथा साफ किया।

"नाम नहीं बोलता।" मालती ने कहा।

"मैं आती हूं।" भीतर से आवाज आई।

अरुण ने बेडरूम के दरवाजे की ओर पीठ कर दी। वह बेडरूम के दरवाजे में आकर खड़ी हो गई। लेकिन अरुण की पीठ थी।

"आपको किससे मिलना है?"

अरुण ने शरीर घुमाया और दरवाजे की ओर देखा। दोनों एक-दूसरे को दो मिनट तक देखते रहे। फिर वह चिल्ला पड़ी, "अरुण! अरुण!!" कहकर उस ओर लपकी। अरुण ने बाजू खोल दिए और वह उनमें समा गई। दोनों एक-दूसरे से लिपट गए।

नौकरानी अवाक् खड़ी थी।

दो मिनट बाद उसकी सिसकियों की आवाज आई। अरुण ने उसे अलग किया और मुस्करा दिया।

"रो रही हो?"

"क्या यह सपना है? मेरी समझ में कुछ नहीं आ रहा। तुम...तुम!" वह रोते हुए फिर लिपट गई।

"बेबी!" अरुण ने कहा और उसका सिर थपथपाया।

"मुझे विश्वास क्यों नहीं आता?" वह बच्चों की भांति रो रही थी।

"बेबी, होश करो। मैं अरुण ही हूं। यह सपना नहीं है।" अरुण ने उसे अलग करने की कोशिश की।

"नहीं, नहीं! अरुण, मुझे अलग न करो। एक दिन तुम बिना बताए मेरे जीवन से चले गए थे। अब मैं तुम्हें नहीं जाने दूंगी। मैं आज भी तुम्हारी प्रतीक्षा में जी रही हूं।"

अरुण ने उसके आंसू साफ किए।

"और आज बिना बताए चला आया हूं।" उसने मुस्कराकर कहा, "आओ, बैठ जाएं।"

"नहीं। तुम फिर चले जाओगे।" कहकर वह उससे लिपट गई।

मालती धीरे से कमरे से निकल गई।

"बेबी!"

"फिर कहो।"

"बेबी!"

"मुझे विश्वास क्यों नहीं आता!" कहकर वह अलग हुई। "तुम तो बिल्कुल नहीं बदले। थोड़े मोटे हो गए हो।"

अरुण आगे बढ़ा और सोफे पर बैठ गया। बेबी आकर उसके कदमों में बैठ गई, और अपना सिर उसके घुटनों पर रख दिया।

"बेबी, यहां सोफे पर आ जाओ।"

"नहीं। मेरी यही जगह है।"

"बेबी!" अरुण ने उसका सिर सहलाया, "तुम्हारे तो सिर के बाल पकना शुरू हो गए हैं!"

"कितने वर्ष बाद मिले हो?"

"बीस।"

"और तुम समझते थे कि मैं अभी बीस वर्ष की हूंगी?"

"मैं तो सोच भी न सकता था कि तुम भी..."

"रुक क्यों गए? क्या कहना चाहते थे?"

"तुम्हारे ये पके हुए बाल!"

"मैं बुढ़ापे का दरवाजा खटखटा रही हूं।"

"अभी तुम्हारी उम्र ही क्या है?"

"तुम अपनी बात कर रहे हो। आज भी चौड़ा सीना, चौड़े कन्धे, फौलाद के बाजू। तुम तो तीस वर्ष के दिखाई पड़ते हो। तुमने स्वयं को बहुत संभालकर रखा है। और मेरी ओर देखो, मैं कितनी मोटी हो गई हूं!"

"तुम आज भी बेबी हो!" कहकर अरुण ने जेब से सिगरेट का पैकेट निकाला। "सिगरेट।"अरुण ने पैकेट बढ़ाया।

"ये तो बहुत कीमती सिगरेट हैं!" कहकर बेबी ने एक सिगरेट निकाला।

अरुण ने माचिस जलाकर बढ़ाई। सिगरेट सुलग गया। फिर अपना सिगरेट सुलगाया।

"कितने सिगरेट दिन में पी लेतो हो?"

"अब तो बहुत कम।"

"व्हिस्की?"

"कभी-कभी।"

"पहले तो रोज पीती थीं।"

"लोग पिला देते थे।"

"लेकिन शराब छोड़ना तो आसान नहीं।"

"जब पैसे न हों तो..."

"बेबी!"

"अरुण, तुम आज भी मुझे बेबी कहते हो। मेरा एक नाम भी है।"

"होगा। लेकिन तुम मेरे लिए हमेशा बेबी रहोगी।"

"काश, कोई समय को रोक सकता!"

"वह कभी नहीं रुकता।"

"ठीक कहते हो।"

मालती आई।

"मेम साहब, कुछ मांगता?"

"अरे, मैं तो भावावेश में भूल ही गई थी। अरुण, क्या पिओगे?"

"कुछ नहीं। मैं नाश्ता करके आया हूं।"

"फिर भी कुछ तो पी लो।"

"एक गिलास सादा पानी।"

"नहीं। अभी बेचने के लिए कुछ न कुछ बचा होगा।"

"सादा पानी।"

"आज भी तुम्हारी जिद नहीं गई!"

"बेबी, मुझे जिस वस्तु की जरूरत होगी, मंगा लूंगा।"

"अच्छा।" कहकर बेबी ने गहरा श्वास लिया। "मालती, मेरे लिए एक

प्याला चाय ले आओ और—एक गिलास सादा पानी।"

मालती चली गई।

"अरुण! तुम बीस वर्ष में एक बार भी बम्बई नहीं आए?"

"नहीं।" अरुण ने कहा, "तुम्हारे मम्मी-डैडी कहां हैं?"

"दोनों इस संसार में नहीं रहे। यहां कुछ नहीं रहा।"

"बेबी!"

"हां।"

"वह तुम्हारा डैडी था?"

"डैडी? वह साला भड़ुवा था। मेरी मां जवानी में विधवा हो गई थी। वह बेकार था। और हमारे जीवन में आ गया। बड़ी दर्दनाक कहानी है। लेकिन अब उसको सुनाने या दुहराने से क्या हासिल है?" बेबी की आवाज भर्रा गई।

"फिल्म लाइन में तो बहुत रुपया है। और तुमने भी बहुत कमाया है।"

"कमाया था। चार बेडरूम और एक हॉल का फ्लैट था। क़ार थी। शोफर था। सेक्रेटरी था। हेयर ड्रेसर थी। बावर्ची था। आया थी। हीरे थे, जवाहरात थे। सोने के गहने थे। दर्जनों नहीं, सैकड़ों के हिसाब से सैण्डल थे। सैकड़ों की संख्या में साड़ियां थीं—बनारसी, कमख्वाब, जरी की। गरारे और कुरते। लहंगे और चोलियां। लेकिन अरुण, इस इंडस्ट्री से कोई कमाकर नहीं निकला। कहते हैं कि कुएं की मिट्टी कुएं में जाती है।" बेबी ने कहा।

"यह संवाद मैंने पहले भी सुना है। क्या यहां हर संवादलेखक एक जैसा संवाद लिखता है?"

"ऐसा ही कुछ समझ लो। अब कुछ चोटी के स्टार और हीरोइनों ने जायदाद, फार्म, बिजनिस में रुपया लगाया है। किसीने स्टुडियो बनाया है। वे स्वयं को सुरक्षित समझते हैं, लेकिन ऐसा नहीं। वह नहीं तो उनकी संतान यह सब कुछ खत्म कर देगी। क्या तुम फिल्में नहीं देखते हो?"

"जब से तुमने फिल्मों में काम बन्द किया है, मैंने फिल्में देखनी बन्द

कर दी है।"

"लेकिन वह तो तेरह वर्ष पुरानी बात है।" बेबी ने कहा, "हां, तेरह वर्ष पहले मैं सत्ताईस वर्ष की थी, और इंडस्ट्री में हीरोइन सत्ताईस वर्ष में बूढ़ी हो जाती है। केवल कुछ हैं, जो तीस वर्ष की उम्र तक हीरोइन हैं। और दो या तीन हैं जो पैंतीस की उम्र तक रहीं। इनका अन्त भी बेहद दर्दनाक और दिल दहला देने वाला था। एक ने स्वयं को कमरे में बन्द कर डाला और घुल-घुलकर मर गई। दूसरी ने स्वयं को शराब में डुबो डाला और शराब ने उसे मार डाला।"

"लेकिन बेबी, स्त्री का यदि सुहाग कायम हो तो वह साठ वर्ष की आयु में भी मेकअप करती है।"

"हां, घरेलू महिलाएं।"

"मैं पत्रिकाएं भी पढ़ता रहा हूं। तुम तो किसी फिल्म स्टार से प्रेम करती थीं!"

"प्रेम?" बेबी की विषभरी हंसी उभरी, "वह सब तो पब्लिसिटी स्टंट होता है। यहां कोई किसीसे प्रेम नहीं करता। प्रेम वह था, जो हम करते थे। खुदादाद सर्किल में पारसी बाबा का वह रेस्तरां याद है, जहां हम तीन आने की कॉफी पीने जाया करते थे? कभी तुम्हारे पास तीन आने भी नहीं होते थे तो हम शिवाजी पार्क पैदल चले जाते और वहां समुद्र के किनारे बैठ जाते। तुम एक आने के चने खरीदते और हम कहकहे लगाकर खाया करते थे।"

"तुम्हें अब भी याद है?"

"नारी अपने पहले प्यार को कभी नहीं भूलती।"

अरुण ने उत्तर न दिया।

"अरुण!"

"हूं?"

मालती चाय ले आई थी, और पानी का गिलास उसने मेज पर रख दिया।

"मेम साहब, क्या पकाना है?"

"अरुण, खाना तो खाओगे?"

"खा लूंगा। लेकिन पकाने की जरूरत नहीं।"

"क्यों?"

"मैं नौकरानी के हाथ से पके खाने से तो रेस्तरां का खाना अच्छा समझता हूं।"

"लेकिन वह तो महंगा होगा।"

"कोई बात नहीं।"

"मालती, जाओ। तुम अपना खाना पका लो।"

मालती चली गई।

"हां, तो मैं क्या कह रही थी?" बेबी का सिगरेट खत्म हो गया था। उसने उसे ऐशट्रे में बुझा दिया और चाय का प्याला उठा लिया।

"पारसी बाबा के रेस्तरां की बात..."

"हां अरुण! आओ, वहां चलें।"

"फिर चलेंगे।"

"अच्छा। कहां ठहरे हो?"

"एक दोस्त के पास अंधेरी में।"

"कितने कमरे हैं?"

"दो।"

"तो यहां क्यों नहीं आ जाते?"

"मैं वहां ठीक हूं।"

"खैर, तुम मेरे जीवन से चले गए थे।"

"मैं चला गया था, या..."

"उस भड़ुवे ने निकाल दिया था। भगवान उसे नरक में रखे।"

"चलो, छोड़ो। गुस्सा न करो।"

"उसने मेरी मुहब्बत का गला घोंट दिया। फिर तुम भी तो गंभीर नहीं थे। कभी कहते थे, मैं गीत लिखूंगा; कभी कहते थे, मैं छियानवे रुपये मासिक पर पुलिस में सिपाही भरती हो जाऊंगा। ऐसे अब क्या करते हो?"

"नौकरी?"

"पुलिस की?"

"यही समझ लो।"

"फिर तो तुम अब सब-इंस्पेक्टर बन गए होगे?"

"लगभग। तुमने शादी क्यों नहीं की?"

"जब जवानी, शोहरत और दौलत थी तो शादी के लिए सोचा ही न था। और जब होश आया तो कोई अच्छा और खानदानी आदमी शादी करने को तैयार न था। वैसे फिल्मों में कई बार दुलहन बनी हूं।" बेबी हंसी। मालूम नहीं वह हंसी थी या रोना था।

"अब क्या बचा है?"

"इस घर का नक्शा क्या बता रहा है?"

"लेकिन फिल्मों की कमाई से कुछ तो बचा होगा?"

"जो बनाया था, वह तेरह वर्षों में धीरे-धीरे खत्म हो गया। दो फिल्मों ने सिल्वर जुबली भी की थी। इसकी ट्राफियां पड़ी हैं। चार फोटो-एलबम हैं। क्या देखोगे?"

"आज नहीं, फिर किसी दिन।"

"हां, मैं जानती हूं, तुम बातें करना चाहते हो और मैं भी दिल की भड़ास निकालना चाहती हूं।"

"तो करो।"

"तुम मेरे बारे में पूछते जा रहे हो। कुछ अपने बारे में भी बताओ। क्या तुमने ब्याह किया?"

"तुम्हारा क्या विचार है?"

"अवश्य किया होगा। और वह कितनी भाग्यशाली होगी!"

"क्यों?"

"क्योंकि तुम प्यार करना जानते हो।"

"यह किसी फिल्म के संवाद हैं?"

"कितने बच्चे हैं?"

"छः।" अरुण ने कहा।

"छः! कितने लड़के और कितनी लड़कियां?"

"पांच लड़के और एक लड़की।"

"कितने भाग्यशाली हो!" बेबी ने दीर्घ निश्वास लिया, "वह एक वर्ष मैं कभी नहीं भूल सकती जो मैंने तुम्हारे साथ बिताया था।"

फिर बेबी अतीत में खो गई, और उस एक वर्ष की बातें करने लगी। अरुण सुनता रहा और सिगरेट फूंकता रहा।

अचानक वह बोला, "बेबी, दो बजने वाले हैं। मेरा विचार है, मैं खाना ले आऊं।" कहकर वह खड़ा हो गया।

"कितनी देर में आ जाओगे?"

"किसी खास रेस्टोरेंट का खाना खाना चाहते हो?"

"कुछ ले आओ। तुम्हारे साथ कॉफी तो कई बार पी थी। आज जीवन में पहली बार तुम्हारे साथ खाना खाऊंगी।"

"मैं आधे घण्टे में आ जाऊंगा।"

"मैं बीस वर्ष से तुम्हारी प्रतीक्षा कर रही हूं। आधा घण्टा भी कर सकती हूं।"

"सिगरेट छोड़े जाता हूं।"

"नहीं। दो सिगरेट पी चुकी हूं। यह बहुत है।" बेबी ने कहा।

"फिर भी।" कहकर अरुण ने पैकेट मेज पर रखा और कमरे से निकल गया।

आधे घण्टे बाद वह लौटा तो उसके हाथों में कई पार्सल थे।

बेबी ने एक-एक करके पार्सल खोले, "अरुण, तुम तो तीन दिन के लिए खाना ले आए हो। बिरियानी, मुर्गा, सीख, कबाब, पामफरेट मछली, मीट, नान, इतना रुपया क्यों खर्च किया?'

"हम जीवन में पहली बार इकट्ठे खाना खा रहे हैं।"

"लेकिन तुम्हारे छः बच्चे हैं। और सब-इंस्पेक्टर की तनखाह ही क्या होती है?"

"चिन्ता न करो।"

"ऐसा खाना खाए तो शायद छः-सात या आठ वर्ष हो गए हैं।"

अरुण ने उत्तर न दिया।

बेबी ने मालती को आवाज दी और प्लेटें लाने का हुक्म दिया। प्लेटें

आईं। एक प्लेट दूसरी से न मिलती थी।

"तुम पन्द्रह वर्ष पहले क्यों नहीं आए? जानते हो, मेरा डाइनिंग टेबल चार हजार का था। अब तो वह पन्द्रह हजार में भी न मिले। और बानवे-बानवे पीस के तीन डीनर सैट थे।"

"उन दिनों मैं सिपाही था।"

"लेकिन मैं तो तुम्हारी बेबी थी।"

"सोचा, शायद तुम पहचान न सका।"

"अरुण! दिल न तोड़ो। मैं सब कुछ हूं। एक भूतपूर्व हीरोइन हूं। गिरी हुई स्त्री हूं। मेरा शरीर पवित्र नहीं। लेकिन इसके विपरीत मेरा प्रेम आज भी गंगाजल की भांति है।"

"प्रेम गंगाजल नहीं होता। आओ, खाना शुरू करें।"

"मैं अपने हाथ से पहला कौर तुम्हारे मुंह में डालूंगी।"

"जैसा तुम चाहो।"

खाना शुरू हुआ। और बेबी ने अपना वह जीवन सुनाना शुरू कर दिया जब उसके पास दौलत, शोहरत, जवानी और जिन्दगी थी।

अरुण बोर हो रहा था।

खाना समाप्त हुआ, लेकिन बेबी की बातें खत्म न हुईं। वह अतीत में खो चुकी थी और सुनहरे दिनों की बातें कर रही थी, जिनसे कुछ प्राप्त न था।

अरुण ने अचानक घड़ी देखी। चार बजने वाले थे।

"बेबी!"

"हूं?"

"यह फिल्म का प्रीमियर क्या होता है?"

"हमारे जमाने में तो खास महत्त्व न रखता था, लेकिन अब तो बहुत बड़ा हंगामा होता है। यदि एवन पिक्चर हो तो इण्डस्ट्री के आधे हीरो और हीरोइन आते हैं। सिनेमा के बाहर हजारों लोग इन्हें देखने इकट्ठे होते हैं। लेकिन पुलिस डण्डे बरसाती है। टिकट ब्लैक में बिकते हैं। मिनिस्टर आते हैं। प्रेस के संवाददाता और फोटोग्राफर होते हैं, इण्टरवल में कलाकार स्टेज पर आते हैं। इसके बाद अन्धेरे में वे चले आते हैं। फिर किसी फाइवस्टार

होटल में बहुत बड़ी पार्टी होती है। शराब, वह भी विदेशी, पानी भांति बहती है। सुन्दर लड़कियां और महिलाएं। दस-दस हजार की साड़ियां, हीरे-जवाहरात पहनकर आती हैं। रात के दो-तीन बजे तक हंगामा जारी रहता है।"

"क्या ऐसा प्रीमियर तुमने देखा है?"

"नहीं।"

"और तुम स्वयं कभी हीरोइन थीं?"

"हां, हीरोइन ही नहीं; बल्कि स्टार थी।"

"और अब तुम्हें कोई आमंत्रित नहीं करता?"

"अरुण! मैं चालीस की हूं। और सत्ताईस वर्ष की आयु में बूढ़ी हो गई थी।"

"आज...कुमार की फिल्म का प्रीमियर है। चलोगी?"

"तुम्हारे पास टिकट हैं?"

"हैं तो नहीं, लेकिन मैं पता करता हूं।"

"अरुण! तुम्हें आज टिकट कौन देगा? तुम एक सबइंस्पेक्टर हो। वह भी दिल्ली में।"

"व्हिस्की पिओगी?"

"एक पैग पी लूंगी।"

"अच्छा, मैं पन्द्रह मिनट में आता हूं।" कहकर अरुण खड़ा हुआ और इससे पूर्व कि बेबी कुछ कहती, वह घर से निकल गया।

ईरानी के रेस्टोरेंट पर जाकर उसने मोहन के घर का फोन-नम्बर मिलाया।

कीर्ति की आवाज़ आई, "हैलो!"

"भाभी! मोहन कहां है?"

"वह तो दफ्तर में हैं।"

"वहां का नम्बर क्या है?"

कीर्ति ने बता दिया।

"थैंक्यू भाभी!" कहकर अरुण ने फोन बन्द किया और दफ्तर का

नम्बर घुमाया।

फोन मोहन ने ही उठाया, "हैलो!"

"मोहन!"

"ओह, तुम हो?"

"मोहन, एक काम करना है।"

"कहो।"

"इस समय राव कहां होगा?"

"वह तो बन्दोबस्त में व्यस्त होगा।"

"क्या वह मिल सकेगा?"

"मुश्किल है। लेकिन काम क्या है?"

"यार, प्रीमियर के लिए एक पास चाहिए।"

"किसके लिए?"

"यह न पूछो।"

"फिर नहीं मिल सकला।"

"मोहन, मजाक बन्द करो।"

"तो तुम मेरी बात का जवाब दो। यह बता कि पास किसके लिए चाहिए?"

"यह नहीं बता सकता। वहां देख लेना।"

"अब कहां से बोल रहे हो?"

"सच बता नहीं सकता और झूठ से मुझे घृणा है।"

"क्या कोई खास आदमी है?"

"हां।"

"तो मिल जाएगा।"

"कैसे?"

"कीर्ति नहीं जा रही है। इसे हंगामों से घृणा है।"

"मोहन! हजार बरस जियो। एक काम और भी करना है।"

"कहो।"

"तीन-चार लिपस्टिक और दो-तीन अच्छे सेण्ट की शीशियां।"

“ज़िन्दाबाद! सुबह असिस्टेंट कमिश्नर पुलिस सी० आई० डी० का फोन आया था। अब तुम्हें एक खास आदमी के लिए पास की जरूरत है। यहां आदमी लिपस्टिक और सेण्ट कब से प्रयोग करने लगे हैं? बताते क्यों नहीं? किस लड़की को ला रहे हो?”

“स्वयं ही देख लेना। अच्छा, यह बताओ, सिनेमा हॉल का नाम क्या है?”

मोहन ने नाम बता दिया।

“कितने बजे पहुंचना है?”

“सवा छः।”

“मेरी घड़ी में इस समय चार पच्चीस हुए हैं। तुम्हारी घड़ी क्या बता रही है?”

“चार तीस।”

“या तुम चार पच्चीस कर लो या मैं चार तीस कर लेता हूं।”

“तुम चार तीस कर लो। इस तरह हम पांच मिनट और पहले पहुंच जाएंगे। मैं सदा अपनी घड़ी पांच मिनट आगे रखता हूं।”

“मैं चार तीस कर रहा हूं। वह लिपस्टिक और सेण्ट और सवा छः बजे।”

“ओके।”

फोन बन्द हो गया। अरुण ने दो कॉल के पैसे दिए और रेस्टोरेंट के मालिक से पूछा कि नजदीक विलायती शराब की दुकान कहां है। उसने बता दिया। वह अधिक दूर न थी। अरुण वहां छः मिनट में पहुंच गया। उसने व्हाइट हार्स की एक बोतल खरीदी, जो दो सौ रुपये में मिली।

बोतल के साथ वह घर में दाखिल हुआ।

“यह क्या ले आए?” बेबी ने पूछा।

“देख लो।” कहकर उसने बोतल बढ़ा दी।

बेबी ने कागज उतारा, “ओह भगवान स्काच! यह तो अब बहुत महंगी होगी! कितने में मिली?”

“इस बात को भूल जाओ।”

"नहीं अरुण, तुम्हें बताना पड़ेगा। मेरी कसम!"

"सौ रुपये में..."

"झूठ...यद्यपि स्काच पिए मुझे कई वर्ष हो गए हैं, लेकिन मैं जानती हूं, यह सौ रुपये में नहीं मिल सकती।"

"गिलास मंगाओ।"

"पहले इतना खाना ले आए। अब स्काच! आखिर तुम छः बच्चों के पिता हो और सब-इंस्पेक्टर की तनखाह ही क्या होती है?"

"मैं घूस बहुत खाता हूं।"

बेबी चुप हो गई।

"गिलास!" अरुण ने कहा।

"ओह, हां, मालती!" उसने पुकारा।

मालती आई और बेबी ने उसे दो गिलास लाने को कहा।

"बेबी, तुम प्रीमियर में जा रही हो।"

"क्या?"

"हां।"

"टिकट मिल गए?"

"नहीं।"

"फिर?"

"पास मिले हैं।"

"पास? यानी मैं आज के फिल्म स्टारों और हीरोइन के साथ बैठूंगी?"

"इसके बाद शर्टन में पार्टी में भी जा रही हो।"

"अरुण, यह तुम क्या कह रहे हो! मुझे विश्वास नहीं आ रहा। जवानी में तुम हर समय शरारत पर अधिक जोर देते थे। क्या वह आदत गई नहीं?"

"यह शरारत नहीं।"

गिलास आ गए थे।

"सोडा मंगाओ।" बेबी ने कहा।

"पानी ठीक है।"

बेबी ने पानी मंगा लिया।

"मैं पास के साथ प्रीमियर पर जाऊंगी। फिर शर्टन में पार्टी में। वहां तो दस-दस हजार रुपये की साड़ियां पहनकर हीरोइन आएंगी। मेरे पास एक जरी की साड़ी है। लेकिन उसे ड्राइक्लीनिंग की जरूरत है।"

"उसे प्रेस करा लो।"

"अच्छी लिपस्टिक भी नहीं। मेकअप का सामान भी नहीं। और घर में सोने का केवल एक सेट बचा है।"

"वह बहुत है।" अरुण व्हिस्की डाल रहा था। "और मेकअप की जरूरत नहीं।"

"मैं साड़ी निकालकर प्रेस के लिए दे दूं।" कहकर बेबी बेडरूम में चली गई।

पांच मिनट बाद वह साड़ी लेकर आई और मालती को कहा कि प्रेस के लिए दे आए। फिर वह बठ गई।

बेबी फिर उसे बोर करने लगी। उसने एक पैग खत्म किया और खड़ी हो गई। "मैं स्नान कर लूं। फिर तैयार होने में आधा घंटा लग जाएगा। कभी मेरे बाल कूल्हों तक आते थे लेकिन अब भी काफी लम्बे हैं।"

"जाओ, तैयारी करो।"

अरुण धीरे-धीरे व्हिस्की पीता रहा। जब बेबी तैयार होकर आई, वह दूसरा पैग खत्म करने वाला था।

"मैं तैयार हूं।"

अरुण ने उसे देखा।

"कैसी लगती हूं?"

"बहुत सुन्दर।"

"फिर वही शरारत!"

"चलें।" कहकर अरुण ने घड़ी देखी। "बेबी! सिनेमा हॉल टैक्सी में कितनी देर में पहुंच जाएंगे?"

"बीस मिनट में।"

"तो चल दो।" कहकर अरुण ने गिलास खाली किया और खड़ा हो गया।

"मैं आज स्वयं को दुलहन अनुभव कर रही हूं।"

अरुण ने उत्तर न दिया।

कुछ कदम चलने के बाद उन्हें टैक्सी मिल गई। और वे बैठ गए। अरुण ने मंजिल बता दी।

बेबी यूं तो सुबह से बोले जा रही थी लेकिन एक पैग के बाद और प्रीमियर में जाने की खुशी ने उसे बच्चा बना दिया था।

"जरा रोको।" अरुण एक एक चिल्लाया।

ड्राइवर ने टैक्सी रोक दी। अरुण उतरकर चला गया। वह तीन मिनट बाद लौटा। उसके हाथ में वेणी थी।

"चलो।" उसने आदेश दिया।

टैक्सी चल पड़ी।

"यह लो।" कहकर उसने वेणी बढ़ा दी।

"नहीं, तुम अपने हाथों से लगा दो।"

अरुण वेणी लगाने लगा, और बेबी बोले जा रही थी।

सिनेमा हॉल के बाहर बहुत बड़ी भीड़ थी और पुलिस भी काफी मात्रा में थी। एक सब-इंस्पेक्टर ने टैक्सी को रुकने का इशारा किया। अरुण नीचे उतर गया। बेबी भी उतर गई। अरुण ने टैक्सी का बिल चुकाया।

"आपका पास या टिकट?" सब-इंस्पेक्टर ने कहा।

अरुण ने जेब से आई-कार्ड निकालकर दिखाया। सबइंस्पेक्टर ने सैल्यूट किया और वे आगे बढ़ गए।

"अरे यह तो...है। कभी हीरोइन होती थी।" कोई भीड़ में से चिल्लाया।

"अरुण, देखा! लोग मुझे अभी भी पहचानते हैं।"

"क्यों नहीं!"

वे मुश्किल से दस कदम चले होंगे कि मोहन मिला।

"ओह, तुम हो!" मोहन ने बेबी को देखकर कहा।

"बेबी, मोहन को पहचानती नहीं हो?" अरुण ने कहा।

"क्यों नहीं। कैसे हो मोहन भैया?"

"ठीक हूं।"

अरुण ने मोहन का हाथ दबाया। बेबी इनसे तीन कदम आगे थी।

"लिपस्टिक और सेंट लाए हो?"

"साले। तुम्हारा जवाब नहीं।"

"लाए हो?"

"लाया हूं।"

"तो दे दो।"

मोहन ने पतलून की जेब से एक पैकेट निकाला।

"तीन लिपस्टिक—एक इंग्लैंड की, एक फ्रांस की और एक इटली की। तीन सेण्ट—तीनों फ्रांस के।"

"काफी समझदार हो।"

वे सिनेमा हॉल के गेट पर पहुंच गए। मोहन ने पास दिखाए और वे भीतर चले गए। बेबी बोले जा रही थी, और वे बालकनी में जाने के लिए सीढ़ियां चढ़ रहे थे।

गेटकीपर ने पास चेक किए। हॉल के भीतर अभी रोशनी थी। लेकिन नीचे सारा हॉल भरा पड़ा था।

वे अपनी सीटों पर बैठ गए। हॉल बहुत सुन्दर था, एयर कंडीशण्ड था और बेहतरीन कुर्सियां थीं। बेबी बीच में बैठी थी। उसके दायें हाथ अरुण था और बायें हाथ मोहन था।

"बेबी, ये विदेशी लिपस्टिक और सेंट हैं। चाहो तो टायलट में जाकर अपनी लिपस्टिक साफ करके इनमें से कोई लगा सकती हो। और जो सेंट पसन्द आए, वह इस्तेमाल कर सकती हो।"

बेबी ने पैकेट खोलकर देखा।

"ओह भगवान! यह तो सब विलायती हैं।" वह खुशी से चिल्ला पड़ी।

"टायलट में जाकर देखो।"

"मैं अभी लौट आऊंगी। अब तो फिल्म स्टार आना शुरू करेंगे।" कहकर वह उठी और चली गई।

"अरुण!"

"हूं?"

"तुमने पी है?"

"दो पैग।"

"और इसने?"

"एक पैग।"

"कौन-सी व्हिस्की थी?"

"व्हाइट हार्स।"

"कितने की मिली?"

"दो सौ दस की।"

"शाबाश! और मैंने तुम्हें इसलिए बम्बई बुलाया है? साले वह जो घर में पड़ी है, उसे क्या फ्लश में डालना है? दो सौ दस रुपये की बोतल!"

"गलती हो गई।"

"मामूली बात है। रात मैं घर में बोर होता रहा और तुम उस सेक्स स्टार होटल में व्हिस्की पी रहे थे और सेवा समिति के कर्मचारी बने हुए थे। और अब तुम व्हिस्की पी आए हो।"

"कहा तो है, गलती हो गई। अब पार्टी में चलेंगे ना, तुम दो पैग पी लोगे तो मैं फिर शुरू करूंगा।"

"साले तुम फ्राड हो। मैं घर जा रहा हूं।"

"मोहन, प्लीज!"

"जहन्नुम में जाओ।" कहकर मोहन चलने लगा। अरुण तेजी से उठा और उसकी कलाई पकड़ ली।

"मोहन, शाम न खराब करो। प्लीज! देखो, लोग हमें घूर रहे हैं।"

"मैं लोगों की परवाह नहीं करता।"

"मेरी तो करते हो।"

"करता हूं। लेकिन तुम मेरा अपमान नहीं कर सकते। दो सौ रुपये की व्हिस्की की बोतल।"

"यार, अब गुस्सा थूक दो। यह देखो, मेहमान आना शुरू हो गए हैं। अब मान जाओ।"

मोहन बड़बड़ाता हुआ अपनी सीट पर बैठ गया।

अरुण मुस्करा दिया।

बेबी लौट आई थी। वह आकर बैठी तो सेंट की महक तीन-तीन मीटर तक फैल गई।

"अरुण! यह तो सब कमाल के हैं।"

"मोहन का धन्यवाद करो। वह लाया है।"

"धन्यवाद मोहन भाई!"

मोहन ने उत्तर न दिया।

उसके बाद बेबी शोर मचाने लगी, वह स्टार आया है! यह स्टार आई है!

अन्त में हॉल में अंधेरा छा गया। और फिल्म शुरू हो गई।

"मैं अभी आया।" अरुण यह कहकर उठकर चला गया।

दस मिनट! पंन्द्रह मिनट! बीस मिनट!

"मोहन भैया!"

"हूं!"

"यह अरुण कहां चला गया है?"

"अभी आ जाएगा। तुम फिल्म देखो।"

वे फिल्म देखने लगे।

आधा घंटा बीत गया।

"मोहन भैया! अरुण नहीं आया।"

"आ जाएगा। तुम फिल्म देखो।"

"लेकिन गया कहां है?"

मोहन ने उत्तर न दिया।

बीस मिनट बाद बेबी फिर बोली, "मोहन भैया! अरुण कहां है?"

"कहा है न कि आ जाएगा।"

"तुम बताते क्यों नहीं कि कहां है?"

"बाहर सिगरेट फूंक रहा होगा।"

"क्यों?"

"वह फिल्म नहीं देखता।"

"क्यों?"

"बेबी, शोर न मचाओ। लोग परेशान हो रहे हैं।"

बेबी चुप हो गई।

मध्यान्तर हुआ। और सारी कास्ट स्टेज पर चली गई। लोग तालियां पीट रहे थे। कैमरों के फ्लैश चमक रहे थे। अरुण धीरे से आकर अपनी सीट पर बैठ गया।

"मोहन, अब क्या प्रोग्राम है?"

"रोशनी बन्द होते ही ये लोग हॉल से निकल जाएंगे और पार्टी के लिए रवाना हो जाएंगे।"

"हम यहां क्या कर रहे हैं?"

"यह भी ठीक है।" कहकर मोहन खड़ा हो गया।

"आओ बेबी!" कहकर अरुण खड़ा हो गया।

बेबी भी खड़ी हो गई। उसी समय हॉल की बत्तियां बन्द होने लगीं। वे अंधेरे में हॉल से निकल गए।

बेबी कुछ कह रही थी, लेकिन अरुण और मोहन तेज कदमों से चल रहे थे। बेबी इतना तेज न चल सकती थी। हॉल के बाहर अभी भी कुछ लोग खड़े थे। वे तेजी से एक खाली टैक्सी में बैठ गए। अरुण और बेबी पिछली सीट पर और मोहन ड्राइवर के साथ।

"शर्टन।" मोहन ने कहा और टैक्सी दौड़ने लगी।

"अरुण!"बेबी बोली।

"हूं?"

"एक बात बताओ।"

"हूं।"

"हम जब आए थे तो सब-इंस्पेक्टर ने हमारी टैक्सी रोककर पास मांगा था। तुमने उसे कुछ दिखाया और उसने तुम्हें सैल्यूट किया। एक सब-इंस्पेक्टर दूसरे सब-इंस्पेक्टर को सैल्यूट नहीं करता।"

"दूसरा सब-इंस्पेक्टर!" मोहन चिल्लाया।

"हां।" बेबी ने कहा।

"वह कौन है?"

“अरुण।”

“यह कब से सब-इंस्पेक्टर...” मोहन ने कुछ कहना चाहा।

“एम० एम०!” अरुण ने धीरे कहा। और मोहन चुप हो गया।

“मोहन भैया!”

“हूं?” मोहन ने कहा। गुस्से से उसका बुरा हाल था।

“व्हाइट हार्स व्हिस्की कितने की आती है?”

“दो सौ दस की।” अरुण के रोकने से पहले मोहन ने कह दिया।

“और अरुण कह रहा था कि सौ की आती है।”

“यह फ्राड है।” मोहन ने गुवार उतारा।

अरुण मुस्करा दिया। उसने नया सिगरेट सुलगाया।

बेबी अब स्टार की बातें कर रही थी। मोहन और अरुण बोर हो रहे थे।

आखिर शर्टन आ गया।

वे नीचे उतरे, “अरुण, टैक्सी का बिल दे दे।”

“तु दे दे।”

“मेरे पास पैसे नहीं।” मोहन ने गुस्से में कहा।

अरुण ने मुस्कराकर बिल चुकाया।

“मैं जीवन में पहली बार इस होटल में आई हूं। हमारे जमाने में तो केवल ताजमहल होता था।”

वे लिफ्ट में चले गए। अब मोहन को गाइड करना था, और वह हुक्म दे रहा था।

हॉल बहुत बड़ा था, जहां एक हजार व्यक्ति एक समय में बैठ या घूम सकते थे।

राव गेट पर खड़ा था।

“अरे एम० एम०! हैलो अरुण सेठ!” कहकर उसने हाथ हिलाया और बेबी पर तिरछी दृष्टि डाली।

“प्रोग्राम शुरू हो गया?” मोहन ने पूछा।

“तुम्हारे लिए शुरू है।” वह इन्हें लेकर भीतर चला गया।

भीतर कुछ मेहमान थे और कुछ फोटोग्राफर कैमरे कंधों पर लटकाए

घूम रहे थे।

"एम० एम०! अरुण सेठ! तुम एक टेबल के गिर्द बैठ जाओ। मैं एक वेटर की ड्यूटी लगा देता हूं कि वह तुम्हारा ध्यान रखे। मैं तो अब व्यस्त हो जाऊंगा। इतनी भीड़ होगी कि ढूंढ़ने से भी नहीं मिल सकूंगा।"

"ठीक है।" मोहन ने कहा।

"स्काच और शैम्पेन भी हैं।" राव ने कहा, "अरुण सेठ, चलेगा?"

"बिलकुल।" अरुण ने बैठकर कहा। बेबी उसके साथ बैठ गई। राव बोला, "एम० एम०, जरा इधर आना।"

मोहन चला गया।

कुछ कदम दूर जाकर वे रुक गए।

"एम० एम०, यह कचरा कौन लाया है?" राव ने पूछा।

"अरुण!" मोहन ने कहा।

"यार! तुम्हारे इस फ्रैंड अरुण सेठ का जवाब नहीं। साले का भेजा फिरेला है। संसार में कोई डाक के पुराने टिकट जमा करता है। कोई पुराने सिक्के खरीदता है। कोई दो-चार सौ बरस पुरानी पेंटिंग खरीदता है। अभी अमरीका के लोग पुरानी मूर्तियां लाखों डालर में खरीदते हैं। यह तुम्हारा अरुण सेठ क्या पुराना फिल्म हीरोइन जमा करता है? उस रात—बानो को मांगता अभी इस कचरा को ले आया। साला आज इधर इतना सुन्दर छोकरी होगा। कोई भी ले जा सकता।"

"राव! तुमने सवाल किया और स्वयं ही जवाब दे दिया।" मोहन ने मुस्कराकर कहा।

"कैसा?"

"तुम बोलता है कि पुराना चीज महंगा हो जाता है।"

"बरोबर।"

"फिर?"

"ओह!" राव हंस दिया, "अरुण सेठ का भेजा नहीं फिरेला, हमारा भेजा फिरेला है। अच्छा हम वेटर को भेजता है।" कहकर राव चला गया।

मोहन मुस्कराता हुआ आया और आकर बैठ गया।

"क्या कह रहा था?" अरुण ने पूछा।

"कहता था, आज नोटांक जरूर चलेगा।"मोहन ने गुस्से में कहा।

अरुण चुप रहा।

वेटर आ गया।

"बेबी! मेरी एक बात मानोगी?" अरुण ने कहा।

"कहो।"

"तुम व्हिस्की न पीना।"

"क्यों?"

"व्हिस्की तेज होती है।" अरुण ने कहा।

मोहन आर्डर दे रहा था, "स्काच डबल पैग और एक सिंगल और मैडम के लिए शैम्पेन।"

"यस सर!" कहकर वेटर चला गया।

"मोहन!"

"हूं?"

"यार, यहां एक हजार व्यक्ति कैसे बैठ सकते हैं?"

"यहां बूढ़े बैठते हैं। बाकी गिलास हाथ में लेकर यहां-वहां घूमते रहते हैं।" मोहन ने कहा।

"अरुण, तुमने देखा। हीरोइन ने जो साड़ी पहन रखी थी, वह दस हजार से कम की न होगी। यदि तुम पहले बता देते तो मैं अपनी साड़ी ड्राइक्लीन करा लेती।"

"तुम्हें यहां से कोई नहीं निकालेगा।" अरुण ने धीरे से कहा।

"मोहन, सिगरेट लाए हो?"

"तुमने कहा कब था?"

"तो पैदा करो।"

"मैं वेटर नहीं हूं।"

"कोई बात नहीं। मैंने वायदा किया है, जब तक तुम दो पैग नहीं पी लोगे, मैं शुरू नहीं करूंगा।"

मोहन ने उत्तर न दिया।

वेटर ने व्हिस्की और शैम्पेन के गिलास रख दिए।

मोहन ने अपना गिलास उठाया। और जब रखा तो आधा खाली हो गया था।

"बेबी, शुरू करो। लेकिन जल्दी की जरूरत नहीं, पार्टी रात के दो बजे तक चलेगी।" अरुण ने कहा।

"चिन्ता न करो। मैं शायद दो गिलास पिऊं।" कहकर उसने प्याले के जैसा गिलास उठा लिया।

अरुण के आगे गिलास उसी तरह पड़ा था।

मोहन ने गिलास उठाकर खाली करके रख दिया। अब लोग आना शुरू हो गए थे।

बेबी किसी नये चेहरे को देखती तो चिल्ला पड़ती, "यह वह है!" वह खुशी से पागल हो रही थी।

मोहन उठा और अपना गिलास लेकर चला गया। वह चार मिनट बाद आया। गिलास में व्हिस्की थी।

"यह लो।" कहकर उसने इंगलिश सिगरेट का पैकेट अरुण के आगे फेंक दिया।

"अभी गुस्सा उतरा नहीं?" अरुण ने मुस्कराकर कहा।

"बको मत।"

"अब शुरू करें।" कहकर अरुण ने गिलास उठाया। "मोहन, गिलास उठाओ। मैं टोस्ट करना चाहता हूं।"

मोहन ने गिलास उठा लिया।

अरुण ने गिलास से गिलास टकराया।

"तुम्हारी बम्बई के नाम!" अरुण ने कहा।

"तुम्हारी भी है।" मोहन ने मुस्कराकर कहा।

"अभी नहीं।"

"कौन कहता है?"

अरुण ने जवाब की जगह गिलास होंठों को लगा लिया।

अब वेटर ट्रे में व्हिस्की के गिलास लिए घूम रहे थे। हर वेटर के साथ

दूसरा वेटर एक जग में सोडे और दूसरे जग में पानी लेकर घूम रहा था। कुछ वेटर व्हिस्की के साथ खाने के लिए हल्की चीजें लेकर घूम रहे थे। और जो व्हिस्की न पीते थे, उनके लिए दो-तीन प्रकार की कोल्ड ड्रिंक्स थीं।

एक कोने से संगीत उभर रहा था।

दस बजे तक हॉल में खड़े होने को जगह न थी। बेबी बोले जा रही थी।

अरुण और मोहन बोर हो रहे थे। लेकिन धीरे-धीरे व्हिस्की कंठ से नीचे उतार रहे थे।

बेबी बच्चों की भांति चहक रही थी। साड़ियां, विभिन्न वेश-भूषाएं। हीरे-जवाहरात। स्टार, हीरो और स्टार-हीरोइन की बातें कर रही थी, जो न अरुण की समझ में आ रही थीं और न मोहन की।

अरुण केवल हां या हूं में जवाब दे देता।

ग्यारह बज गए थे।

अब लोग बहकना शुरू हो गए थे। चुम्बन लिए जा रहे थे। और चारों ओर कहकहे ही कहकहे थे। कुछ समझ न आ रहा था कि कोई क्या कह रहा है।

"अरुण!" बेबी बोली।

"हूं?"

"अब तो फैशन बदल गया है। देखो, किस प्रकार के ब्लाउज हैं। छातियां नंगी हैं। जांघें नंगी हैं।"

"बेबी, ये औरतें दस हज़ार की साड़ी पहन लें, हीरेजवाहरात पहन लें या इस प्रकार का लिबास—ये हर हालत में नंगी हैं।"

"तुम ठीक कहते हो।"

मोहन ने एक वेटर को व्हिस्की देने के लिए कहा। वह व्हिस्की के गिलास छोड़ गया और खाली ले गया। सोडे वाले ने सोडा डाल दिया।

"मोहन!"

"हूं?"

"यह कौन-सा पैग है?"

"सातवां।"

"फिर तो हांगकांग जाने का टाइम हो गया।"

मोहन मुस्करा दिया।

"हैलो!" एक आवाज ने उन्हें चौंककर देखने पर विवश किया। मैडम खड़ी थी। उसका बलाउज खुला था। ब्रेसरी गायब थी। और उसने जीन पहन रखी थी। "अरुण सेठ! आप यहां बैठे हैं और मैं एक घण्टे से आपको तलाश कर रही हूं।"

मोहन उठकर चला गया। उसकी जगह पर मैडम अपने गिलास के साथ बैठ गई।

"अरुण सेठ! इन्हें तो कहीं देखा है। शायद किसी फिल्म में हीरोइन थीं।" मैडम ने कहा।

"शायद।" अरुण ने कहा।

"एक सिगरेट तो दीजिए।"

अरुण ने पैकेट बढ़ा दिया। उसने सिगरेट सुलगाया।

"अरुण सेठ, धरमिन्दर साहब आए हैं। मुझे उनसे मिलवा दो...।"

"राव को कहो।"

"वह तो बहुत व्यस्त हैं। उनके पास तो बात करने के लिए एक मिनट भी नहीं। फिर आप मुझे चांस दे रहे हैं न—साइड हीरोइन का?"

"मैडम!"

"जी?"

"देखो, हम कुछ बातें कर रहे हैं। तुम्हारी ममी कहां हैं?"

"उधर बैठी है।"

"ऐसा करो। तुम जरा इधर-उधर घूमो। देखो, लड़कियों ने किस प्रकार की साड़ियां पहनी हैं। और यह भी देखो, हीरे असली हैं कि नकली।"

"वह तो मैं एक घंटे से कर रही हूं।"

"अभी थोड़ा और करो। ठीक है?"

"आप तो मुझे धक्का दे रहे हैं।"

"बिलकुल नहीं। इस दुनिया को देखो। यही दुनिया तो देखने आई हो।"

"अच्छा।" कहकर वह खड़ी हो गई, "मैं फिर आऊंगी।"

"जरूर।"

मैडम अपना गिलास लेकर चली गई।

"यह कौन है?" बेबी ने पूछा।

"हीरोइन बनने आई है।"

"क्या लिबास था! और क्या तुम फिल्म बना रहे हो?"

"वह नशे में थी।"

"शायद।"

इतने में मोहन आ गया!

बेबी ने फिर बोलना शुरू कर दिया।

बारह बजे अरुण ने कहा, "मोहन!"

"हूं?"

"मेरा विचार है, डिनर खाकर चलें।"

"अभी तो रात शुरू हुई है। अभी तो लोग बहकना शुरू हुए हैं। असली हंगामा या बेहूदगी तो अब शुरू होगी।"

"इसीलिए मैं चाहता हूं कि डिनर खा लें।"

"फिर देखने क्या आए हो? व्हिस्की तो रोज पीते हैं और डिनर रोज खाते हैं।"

"जो देखना था, देख लिया।"

"तुम्हारी मर्जी। मैं एक डबल पैग पी लूं।"

आखिर वे खाने की मेजों के पास गए। छः किस्म का सलाद था और सोलह विभिन्न किस्म के मांस और सब्जियां थीं। बिरियानी और नान थे और परांठे थे।

खड़े रहकर वे डिनर खाने लगे। और बीस मिनट में खत्म कर दिया।

"अब चलें।" अरुण ने प्लेट बैरे की ट्रे में रख दी।

"मैं एक पैग पी लूं।" मोहन ने कहा।

अरुण ने उत्तर न दिया।

तीन मिनट में मोहन आ गया।

"चलें?" अरुण ने कहा।

"जैसा तुम चाहते हो।"

वे तीनों हॉल से निकल गए। बेबी पहले की भांति बोले जा रही थी। लिफ्ट के द्वारा नीचे पहुंचे। मोहन ने दरबान को टैक्सी के लिए हुक्म दिया। दो मिनट में टैक्सी आ गई। मोहन आगे बैठ गया। अरुण और बेबी पिछली सीट पर। अरुण ने मंजिल बता दी।

टैक्सी चल पड़ी।

"वहां क्या करना है?" मोहन ने पूछा।

"बेबी को उतारना है।"

"यह उस इलाके में रहती है?"

"हां।"

मोहन चुप हो गया।

"बेबी, क्या सोच रही हो?"

"अरुण! मैं यूं अनुभव कर रही हूं जैसे मैं सोलह वर्ष की लड़की हूं। लेकिन तुमने बहुत रुपया खर्च कर दिया। आखिर तुम्हारी तनख्वाह ही क्या है? फिर भी भाग्यशाली हो। दो सौ दस रुपये की स्काच खरीद सकते हो। प्रीमियर का पास हासिल कर सकते हो। शर्टन में पार्टी में मुझे ला सकते हो। लेकिन अरुण, तुम्हारे छः बच्चे हैं। तुमने बहुत रुपया खर्च कर दिया।"

"किसके बच्चे हैं?" मोहन ने गर्दन घुमाकर पूछा।

"अरुण के। पांच लड़के और एक लड़की।" बेबी ने उत्तर दिया।

"और यह सब-इन्सपेक्टर है?" मोहन ने गुस्से में कहा।

"हां।"

"तुमसे किसने कहा?"

"मेरा विचार है, यह बीस वर्ष पहले कांस्टेबिल होना चाहता था, और अब सब-इन्सपेक्टर बन गया होगा।"

"बेबी..." मोहन चिल्लाया।

"एम० एम०..."

"क्या है?"

"तुम एक एम० एम० हो ना और मेरी जेब में नौ एम० एम० हैं।"

"शट्अप!" मोहन चिल्लाया, "तुम्हारा सौ हर समय एक सौ बीस में नहीं चल सकता। सुनो बेबी, अभी तुम दस-दस हजार की साड़ियां देखकर आई हो?"

"हां।"

"हीरे और जवाहरात?"

"हां।"

"अरुण जिसकी साड़ी चाहे, उतार सकता है और जिसके हीरे कहो, बिकवा सकता है। इसके छः बच्चे हैं?"

"हां।"

"किसने कहा?"

"अरुण ने।"

"छः बच्चे तो इसके बाप ने भी पैदा न किए थे। यह आज तक तुम्हारा प्रेम और याद अपने दिल में छुपाए तड़प रहा है। छः बच्चे कहां से होंगे? इसकी शादी भी नहीं हुई।"

"क्या! क्या!"

"यह क्या है, कोई नहीं जानता। तुम्हें स्काच व्हिस्की मिल गई। प्रीमियर देख लिया, डिनर खा लिया। लिपस्टिक और सेण्ट मिल गए।"

"हां"

"अब घर जाकर सो जाओ।"

"अरुण, यह मोहन भैया क्या कह रहे हैं?"

"नशे में बहक गया है।" अरुण ने थके स्वर में कहा।

"सच बताओ, तुमने शादी कराई या नहीं?"

अरुण चुप रहा।

"अरुण, भगवान के लिए जवाब दो।"

"बेबी, कोई और बात करो।"

"नहीं तो तुम आज यह बताने आए थे कि मैं गलत थी और तुम

ठीक थे?"

"नहीं।"

"फिर मेरा मजाक उड़ाने आए थे?"

"ऐसा न कहो।"

फिर टैक्सी में नीरवता छा गई। दस मिनट बाद बेबी की सिसकियों की आवाज उभर आई, लेकिन किसीने उसे दिलासा न दी।

आखिर उसका घर आ गया।

"बेबी! तुम्हारा घर आ गया है। आओ, तुम्हें ऊपर छोड़ आऊं।"

बेबी नीचे उतर गई। वह धीरे-धीरे जीने की ओर बढ़ी। दरवाजे पर दस्तक दी। तीन मिनट बाद मालती ने दरवाजा खोला। वे भीतर चले गए।

"अच्छा बेबी!"

"क्या मतलब?"

"तुम आराम करो। मैं अब जा रहा हूं।"

"तुम कहीं नहीं जा रहे हो। तुम यह रात यहां बिताओगे। मैं अब तुम्हें कभी नहीं जाने दूंगी।" कहकर वह लिपट गई और बच्चे की भांति फूट-फूटकर रोने लगी।

पांच मिनट बाद अरुण ने उसे अलग किया।

"बेबी! होश में आओ।"

"मैं होश में आ चुकी हूं।"

"मुझे जाना है।"

"नहीं! नहीं! नहीं!"

"बेबी! पागल न बनो। मैं कल फिर आऊंगा।"

"मैं जाने नहीं दूंगी। यदि व्हिस्की की जरूरत है तो बोतल उसी तरह पड़ी है।"

"कल आकर पी लूंगा।"

बेबी उसके कदमों में गिर पड़ी और उसने उसके पांव पर सिर रख दिया और टांगों को पकड़ लिया। "अब बताओ, कैसे जाओगे?"

"बेबी, अब मैं लौट आया हूं। कहा ना कि अब मुझे काम है। मैं

कल आऊंगा।"

"बिलकुल नहीं। यदि तुम गए तो मैं बालकनी से छलांग लगा दूंगी।"

"बेबी, मुझे जाना है।" कहकर वह झुका। उसने बेबी को बांहों में उठा लिया। उसके बेडरूम में गया और उसे पलंग पर लिटा दिया। "मालती, इसका ध्यान रखना।"

"तुम नहीं जाओगे!" बेबी चिल्लाई।

लेकिन अरुण बेडरूम से ही नहीं, घर से निकल गया था। बेबी ने दरवाजे की ओर बढ़ना चाहा, लेकिन मालती ने उसे रोक लिया।

अरुण टैक्सी में बैठ गया। मोहन अब पिछली सीट पर बैठ गया था। अरुण ने मंजिल बता दी और टैक्सी दौड़ने लगी।

"अरुण!"

"हूं?"

"इस कुतिया से क्या मिला?"

"मोहन, कुतिया को कुतिया कहने से क्या हासिल! जो मर चुका हो, उसे मारा नहीं करते।" अरुण की आवाज भर्रा गई, जैसे वह रो देना चाहता था।

"अरुण, हरे घाव तो कुरेदे जा सकते हैं, लेकिन जो घाव वर्षों पहले भर गए थे, अब उनका केवल निशान बाकी था। तुमने निशान को कुरेद डाला। आखिर तुम्हें इस तरह की हरकतों से क्या मिलता है? तुम और तुम्हारा प्रेम सब फ्राड है। एक दिन कहते हो कि इस देश में सीता, सावित्री और पद्मिनी पैदा हुई थीं। अगले दिन तुम्हें लड़की चाहिए, जिसके शरीर पर लिबास न हो। तुम्हें बानो चाहिए..."

"तुम ले गए थे।"

"और इसके पास भी मैं ही लाया था? और कल शाम इस सेक्स स्टार होटल में भी मैं ही ले गया था?"

"दोनों में अन्तर है।"

"सब बकवास है।"

"मोहन, एक बात बताओ?"

"हूं!"

"इस समय दिल्ली के लिए फ्लाइट मिल सकती है?"

"कौन जा रहा है?"

"मैं।"

"एयर इंडिया की फ्लाइट दिल्ली से होकर जाती है।"

"तो टिकट का प्रबन्ध कर दो।"

"अभी करता हूं।" मोहन ने कहा, "ड्राइवर, यह कौन-सा इलाका है?"

ड्राइवर ने बताया।

"इधर नौटांक कहां मिलेगा?"

"जिधर भी बोलेगा।"

"पहले अड्डे पर उतार दो।"

"मोहन, नहीं।"

"शट्‌अप! मैं तुम्हें अभी दिल्ली के हवाई जहाज पर बिठाता हूं। अरुण, यह 'नोटांक' नहीं, बल्कि 'नोटाक' है यानी इसको पीने के बाद आदमी बात नहीं करता, समझे?"

"लेकिन मैं तो क्या, तुम भी अब नहीं पिओगे।"

"देखता हूं, आज मुझे कौन रोकता है!"

"मैं!" अरुण गिरा हुआ था। संभलकर बैठ गया।

"आज तुम कुछ नहीं कर सकते। तुम कायर हो। बीस वर्ष पहले भी भाग गए थे। आज फिर भागना चाहते हो। तुम्हें मैंने इस शहर में बुलाया था, इस कुतिया ने नहीं।"

"मोहन, जो जी में आए कह लो; लेकिन नोटांक नहीं चलेगी।"

"ड्राइवर, गाड़ी रोक दो।" मोहन चिल्लाया।

"बिल्कुल नहीं।"

"ए सेठ! तुम दोनों दारू पीएला है।"

"तमीज से बात करो।" मोहन चिल्लाया, "दारू तुम्हारे पैसे से नहीं पी। जानते हो, हम शर्टन से आ रहे हैं। हम मवाली नहीं हैं और तुम्हारा मीटर चल रहा है। तुमको बरोबर पैसा मिलेगा।" मोहन ने गरजकर कहा।

"वह तो ठीक है सेठ..." ड्राइवर की आवाज दब गई, "लेकिन बोलो, किधर जाएगा?"

"जिधर हम बोला।" अरुण ने हुक्म दिया।

"नहीं।"

"मोहन, बकवास बन्द करता है या नहीं?"

"फिर वही, एक सौ बीस का सौ..." कहकर मोहन ने सीट से पीठ लगा दी।

"किधर?" ड्राइवर बोला।

"जिधर हम बोला।" अरुण ने कहा।

"साले का सौ, एक सौ बीस का है।" मोहन ने थके स्वर में कहा।

"एक सौ बीस का नहीं, बल्कि बीस का है।" अरुण ने कहा।

"और अब तू जा रहा है?"

"जाना पड़ेगा मोहन!" अरुण ने गहरी सांस ली।

"मुझे छोड़कर चला जाएगा?"

"सामयिक तौर पर!"

मोहन चुप हो गया। दो मिनट बाद उसने रोना शुरू कर दिया।

टैक्सी दौड़ती रही।

मोहन दस मिनट रोता रहा। फिर चुप हो गया।

अरुण सिगरेट पी रहा था।

आखिर टैक्सी पोर्च में रुक गई।

ग्यारह

मोहन उतरकर तेजी से फ्लैट की ओर बढ़ गया। अरुण मुस्कराकर उतरा। उसने टैक्सी का बिल दिया। मोहन ने काल बेल दबा दी। बजर की आवाज आ रही थी। अरुण उसके पास पहुंचा। उसकी अंगुली अभी तक बेल पर थी।

आखिर दरवाजा खुल ही गया।

मोहन तेजी से भीतर दाखिल हुआ। कीर्ति एक ओर हो गई। अरुण भीतर गया और उसने दरवाजा बन्द कर दिया।

मोहन कैबिनेट से व्हिस्की का हाफ और गिलास लेकर आया।

"प्रीमियर कैसा रहा?" कीर्ति ने पूछा।

"यह पूछो, समाप्ति कैसी हुई।" मोहन ने गुस्से में कहा। वह हाफ का ढक्कन खोल रहा था।

"क्या मतलब?"

"इससे पूछो।" मोहन ने कहा। वह गिलास में व्हिस्की डाल रहा था। उसने आधा गिलास भर लिया था। वह उसे उठाने लगा तो अरुण तेजी से उसके पास पहुंचा और उसका हाथ थाम लिया।

"अब क्या बात है?" मोहन ने गुस्से में कहा।

"भाभी, एक गिलास सोडा लाइए।"

कीर्ति रसोईघर की ओर बढ़ी। सोडा लाई और बोली, "मैं ओपनर लाती हूं।"

"कोई बात नहीं।" कहकर अरुण ने दांतों से ढक्कन खोल दिया और सोडा डाल दिया, "लो, अब पी लो।"

मोहन ने गिलास लिया और आधा खाली करके रख दिया।

"बैठकर पी लो।" अरुण ने कहा।

"तुम्हें क्या?"

"हुआ क्या है?" कीर्ति ने कहा।

"वह आण्टी ब्राण्ड नहीं मिली।" अरुण ने मुस्कराने की कोशिश की।

"आण्टी ब्राण्ड नहीं मिली, लेकिन वह कुतिया तो मिल गई थी।"

"मोहन, फिर वही बात! इन बातों से क्या हासिल है? कुतिया को कुतिया कहने से क्या मिल सकता है! मरे हुए को मारा नहीं जाता।" अरुण ने धीरे से कहा।

"यह सब क्या झगड़ा है! आप लोग प्रीमियर से नहीं आ रहे हैं क्या?" कीर्ति ने कहा।

"वहीं से आ रहे हैं भाभी!"

"फिर यह समाप्ति की बात क्या है?"

"यह जा रहा है।" मोहन चिल्लाया।

"कहां?"

"वापस।"

"कब?"

"एयर इंडिया बम्बई, दिल्ली, रोम, लंदन फ्लाइट से।" मोहन ने कहा और गिलास खाली कर दिया।

"अरुण भैया! यह क्या हो रहा है?"

"कुछ नहीं भाभी! आप जानती हैं, मैं एक सरकारी कर्मचारी हूं।"

"लेकिन यह एकाएक प्रोग्राम कैसे बन गया?"

अरुण ने उत्तर न दिया।

"अब बोलता क्यों नहीं?" मोहन का चेहरा गुस्से से लाल हो गया था। वह खाली गिलास में व्हिस्की डाल रहा था। उसने फिर आधा गिलास भर लिया था।

"भैया! आप क्यों जा रहे हैं? यह एकाएक जाने का प्रोग्राम क्यों बन गया?"

"वह कुतिया जो मिली थी। हरे घाव तो भरे जाते हैं लेकिन जो घाव वर्षों पहले भर गए थे, उनका केवल निशान शेष था। उसने इन निशानों को करेदकर घाव बना डाला था।"

"मेरी तो समझ में कुछ नहीं आता। मेरी शादी को इक्कीस वर्ष हो गए हैं। मैं आज तक आप दोनों भाइयों को नहीं समझ सकी। मुझे यह नहीं पता चलता कि आप कब झगड़ते हैं और कब प्यार करते हैं।"

अरुण बड़े आराम से सिगरेट पी रहा था।

मोहन ने दूसरा गिलास भी खाली कर दिया। वह फिर व्हिस्की डालने लगा। अरुण ने आगे बढ़कर जतका हाथ थाम लिया।

"तुम कौन होते हो मुझे रोकने वाले?"

"अरुण।"

"मर गया अरुण। तुम केवल छापे मार सकते हो। करोड़पतियों को

रुला सकते हो। लेकिन मैं तो करोड़पति नहीं। तुम क्या यहां छापा मारने आए थे? मैंने तुम्हें बुलाया था, उसने नहीं। मैंने तुम्हें जाने की अनुमति नहीं दी और तुम जा रहे हो। मैं तो रोक नहीं सकता। कीर्ति, तुम रोक सकती हो तो रोक लो।" कहकर मोहन ने रोना शुरू कर दिया।

दस मिनट तक कोई न बोला। केवल मोहन के रोने की आवाज आ रही थी। जब आंसू समाप्त हो गए तो उसने अपना चेहरा हाथ से साफ किया और उठकर बाथरूम चला गया।

"क्या हुआ था?" कीर्ति ने धीरे से कहा।

"कुछ नहीं भाभी!"

"वह तो आप दोनों कभी बताएंगे नहीं। जो बताएंगे, वह सच न होगा। लेकिन आप जा क्यों रहे हैं? यह अचानक प्रोग्राम कैसे बन गया?"

"भाभी! मुझे जाना ही पड़ेगा।"

"इन्हें इस दशा में छोड़कर! यह फिर चिट्टा शुरू करदेंगे।"

"वह कभी नहीं करेगा।"

मोहन मुंह धोकर आ गया और कुर्सी पर बैठ गया।

"भाभी! मुझे भी एक गिलास देना।"

कीर्ति। गिलास ले आई।

"मोहन! इसमें व्हिस्की डाल दो।"

"तुम्हारे हाथ टूटे हुए हैं? तुम बयालिस वर्ष की आयु में दांतों से सोडा खोल सकते हो, क्या व्हिस्की नहीं डाल सकते?"

अरुण अपने गिलास में व्हिस्की डालने लगा।

पन्द्रह मिनट बीत गए। कोई न बोला था। अरुण ने गिलास खाली किया और उठकर अपने बेडरूम में चला गया।

दो डबल और एक सिंगल पैग ने मोहन का नशा दुगुना या तीन गुना कर दिया था।

"सामान बांध लिया?' मोहन ने धीरे से कहा।

"हां। टैक्सी मिल जाएगी?"

"जाकर ले आओ।"

"तुम्हारे पान भी लाने हैं।"

मोहन ने उत्तर न दिया।

दस मिनट बाद अरुण टैक्सी ले आया। वह भीतर आया। बेडरूम से फाइबर और ब्रीफकेस ले आया।

"एयरपोर्ट चलना है?" अरुण ने कहा।

"क्यों नहीं? यही तो रोज करता हूं। आखिर एयरलाइंज का स्टेशन मैनेजर हूं।" कहकर उसने गिलास खाली किया और खड़ा हो गया।

अरुण कैबिनेट की ओर बढ़ा। उसने एक हाफ निकाला। पहले हाफ में एक पैग व्हिस्की थी। उसने दूसरे हाफ को खोलकर पहले हाफ को आधा व्हिस्की से भर दिया। फिर फ्रिज से सोडा लाया और खोलकर व्हिस्की में मिला दिया। वह हाफ उसने पतलून की हिप पॉकेट में रख लिया।

"अच्छा भाभी!" कहकर उसने फाइबर और ब्रीफकेस उठा लिए।

"फिर कब आइएगा?"

"जब आप बुलाएंगी।"

"फुर्सत होगी तो बुला लेंगे।" मोहन ने कहा और फ्लैट से निकल गया।

अरुण ने भाभी पर दृष्टिपात किया। उसकी आंखें सजल थीं। अरुण सामान के साथ तेजी से बाहर निकल गया।

ड्राइवर ने डिक्की खोली। अरुण ने फाइबर रख दिया। मोहन टैक्सी में बैठा था। अरुण उसके साथ बैठ गया।

"एयरपोर्ट।" अरुण ने कहा।

टैक्सी चल पड़ी।

पांच मिनट बाद अरुण ने हिप पॉकेट से हाफ निकाला, ढक्कन खोलकर मुंह को लगाया और दो घूंट कंठ के नीचे उतारे फिर हाफ मोहन की ओर बढ़ा दिया। "व्हिस्की।"

मोहन ने हाफ लिया और एक घूंट पीकर लौटा दिया।

एयरपोर्ट तक कोई बात न हुई। केवल हाफ खाली होता रहा।

वे नीचे उतरे। अरुण ने टैक्सी का बिल चुकाया। फाइबर और ब्रीफकेस उठा लिए। वे लॉज में चले गए। अरुण ने सामान रख दिया और मोहन कुछ

कहे बिना चला गया।

दस मिनट बाद वह लौटा। "यह लो।" उसने टिकट बढ़ाकर कहा।

"कितने पैसे?"

"किसी मन्दिर में दे देना।"

लाउडस्पीकर चिल्ला रहा था, "अटेंशन प्लीज! एयर इण्डिया फ्लाइट नम्बर...बम्बई, दिल्ली, रोम, लदन तैयार है। अपना कस्टम और पासपोर्ट चेक करा लें।"

"मोहन!"

"हूं?"

"एक काम करोगे?"

"कहो।"

"राव को कहना कि बेबी को रोल दिलवा दिया करें।"

"क्यों? तुम दस-बीस हजार रुपया दे दो।"

"मोहन, जिसके हीरे, कार, टिकट, शोफर, सेक्रेटरी, हेयर ड्रेसर—सब चले गए, उसका शेष जीवन दस-बीस हजार से कट सकेगा? उसे काम दिलवा देना।"

"अच्छा।"

"और नोटांक बन्द।"

मोहन ने उत्तर न दिया।

'मैं जानता हूं, तुम नाराज हो। मोहन, जब बुलाओगे, मैं आ जाऊंगा। लेकिन हम बम्बई में न रहेंगे। हांगकांग चले जाएंगे। लोनावला चले जाएंगे। खंडाला चले जाएंगे। गोवा चले जाएंगे। मैं इस शहर के फुटपाथ पर सोने वालों, झोंपड़ियों में रहने वालों, सुन्दर सपने लेकर आने वालों को देख नहीं सकता। और तीस-तीस मंजिला बिल्डिंगों, करोड़पतियों और दस हजार की साड़ी पहनने वाली महिलाओं को सहन नहीं कर सकता। मैंने दोनों रूप देख लिए हैं। यहां नारी सत्ताईस वर्ष की आयु में बूढ़ी हो जाती है।" अरुण ने व्यथित स्वर में कहा।

"अटेंशन प्लीज! एयर इण्डिया..."

"जाओ। यह अन्तिम अनांउसमेण्ट है।"

"बेबी का काम करोगे?'

मोहन बेइख्त्यार लिपट गया और रोने लगा। लेकिन अब वह आंसू बहा रहा था। उसके रोने की आवाज न आ रही थी।

अरुण ने फाइबर और ब्रीफकेस उठा लिए। उसने कुछ कहना चाहा लेकिन मोहन ने उसके होंठों पर हाथ रख दिया। अरुण भारी कदमों से बढ़ता रहा। दरवाजे में रुककर उसने पलटकर देखा, मोहन ने हाथ हिलाया और अरुण भीतर चला गया।

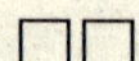